초연결시대
인간 ∞ 문학 ∞ 치유

이 저서는 2019년 대한민국 교육부와 한국연구재단의 지원을 받아 수행된 연구임
(NRF—2019S1A5C2A02082760)

초연결시대
인간 ∞ 문학 ∞ 치유

홍단비 지음

앨피

초연결시대, 문학과 치유를 연결하다

정보통신 네트워크와 인공지능의 발달로 인해 인간과 사물, 인간과 인간, 사물과 사물 등의 연결 범위가 확장되고 시간과 공간의 제약이 극복되는 초연결시대가 도래하였다. '호모 커넥투스Homo connectus', '호모 모빌리언스Homo mobilians', '포노 사피엔스Phono sapiens' 등으로 불리는 현생인류는 새로운 소통 방식과 행동 양식, 새로운 부의 창출 등 다양한 삶의 변화를 맞이하게 되었고, 고도로 확장된 메타적 연결망 속에서 국가와 언어, 이념과 사상, 시간과 공간 등의 경계가 허물어지는 동시에 매 순간 다양한 세계와 공간이 새롭게 재구성되고 있다.

인공지능, 사물인터넷, 빅데이터 등 초연결시대의 기술 발달은 현대인들에게 맞춤형 서비스와 편리성을 제공함으로써 인간의 노동력과 시간을 절감하게 하고, 사회구조와 문화, 경제의 패러다임을 변화시킨다는 점에서 무한한 가능성과 잠재력을 지닌 것은 사실이다. 그러나 동시에 초연결사회로의 급격한 변화는 정보의 빈부 격차, 가짜뉴스, 사이버 공격, 해킹 등의 사회적·윤리적 문제부터 피로와 우울, 고립과 소외, 주체성의 상실 등 예측하지 못한 다양한 개인적·심리적 문제들을 파생시킨다. 산업사회에서의 능동적·자발적 연결과는 달리 초연결시대의 연결은 수동적·비자발적 연결을 동반하기 때문이며, 인간에게 있어 이질적인 것과의 연결은 두려움과 불안 등의 실존적 문제를 야기하기 때문이다.

초연결시대, 더 많은 정보를 얻고 더 많은 사람들과 관계 맺기 위한 강한 연결 속에서 인간은 더욱더 고립되고 외로워진다. 매끄러움의 긍정성만을 강조하는 가상공간 속에서 인간은 '보여지는 나'에 집착하며 스스로로부터 소외감을 경험하기도 한다. 이처럼 빅데이터, 알고리즘 등 고도화된 기술과 방식을 통해 인간을 통제하고 조종하는 디지털 세계의 강한 연결은 인간의 주체성과 집중력을 저하시키며, 강박과 불안, 피로와 우울 등의 병리적 증상들을 양산한다.

이 책은 초연결시대, 인간과 문학을 연결함으로써 초연결시대의 다양한 특성들을 파악하고, 문학적 접근을 통해 초연결시대에 파생되는 여러 가지 심리사회적 문제들의 치유적 방안을 모색하기 위함이다. 일본의 사상가이자 비평가인 아즈마 히로키東浩紀는 노이즈가 없는 사이버 세계의 강한 연결로부터 벗어나기 위해서는 '약한 연결'이 필요함을 강조한다. 아즈마 히로키가 제시하는 약한 연결이란 우연한 만남을 바탕으로 한 신체와 환경의 이동, 즉 고정성에서 벗어나 여기저기 장소를 옮겨 다니는 '여행'이다. 그러나 팬데

믹 등의 예기치 못한 상황으로 공간의 이동이 제한될 수 있는 현대
사회에서 보다 쉽고 자유롭게, 보다 다양하고 풍요롭게 연결될 수
있는 방법은 읽기와 쓰기를 바탕으로 한 '문학'과의 연결, '문학'으
로 떠나는 여행일 것이다.

초연결시대, 다채로운 문학과의 연결은 디지털 세계의 강한 연
결에 균열을 발생시킴으로써 실제적인 사건들과 삶의 다양성이 개
입할 수 있는 틈들을 마련해 줄 수 있다. 초연결시대의 문학은 강
한 연결로부터 분리되어 비판적으로 세계를 바라볼 수 있는 힘을
기르게 하며, 자기 자신과의 연결을 통해 자신의 생각과 내면에 집
중함으로써 자아를 새롭게 발견하는 치유적 힘을 지니고 있다. 특
히 초연결시대, 읽기와 쓰기를 중심으로 한 능동적인 행위는 현대
인들로 하여금 빼앗긴 집중력을 회복하고, 주체적이고 생산적으로
사유하는 능력을 기를 수 있도록 한다.

◆ ◆ ◆

다섯 개의 장으로 구성된 이 책은 문학작품을 통해 초연결사회의
현상들과 특징들을 살펴보고, 초연결시대 문학의 의미와 역할,
'독서'와 '글쓰기'의 치유적 가치 등에 대해 조망하였다. 먼저 첫
번째 장에서는 윤이형의 SF 소설을 통해 초연결시대, 복수 정체성
에 대한 인간의 욕망과 세계를 재편하는 문학적 상상력의 힘에 대

해 논의하였다. 사물과 인간의 연결 포인트가 급증하고 시간과 공간의 제약이 극복되는 초연결사회에서, 멀티태스킹이 가능한 '부캐'의 유행과 복수 정체성에 대한 현대인의 욕망은 필연적인 현상이다. 그렇다면 가상과 현실, 온라인과 오프라인 두 세계를 넘나들며 시간과 일상을 다양하게 쪼개어 살아가는 초연결시대의 우리는 어떠한 삶의 방향성과 태도를 지녀야 할 것인가. 이에 대한 대답을 윤이형의 세 편의 소설을 통해 조망함으로써, 초연결사회 복수 정체성에의 욕망과 이데올로기의 함정, 주체의 해체와 재구성 방식, 분인分人으로서 우리가 나아갈 방향성과 그 가능성 등에 대해 탐색하였다.

두 번째 장에서는 초연결시대의 공간의 의미와 문학적 공간의 치유성에 대해 논의하였다. 공간은 인간의 복잡한 감정과 반응을 불러일으키는 곳으로 공간에는 심리적 갈등, 우울감, 좌절감, 행복감, 안정감 등 다양한 심리적 에너지가 소비되고 투영된다. 그러나 많은 시간을 쉽게 생성되고 쉽게 사라져 버리는 사이버 공간에서 살아가는 현대인들은 가상의 공간 속에서 공허함과 소외감을 느끼며, 그 속에서 개인의 정체성을 발견하고 개인의 존재감을 유지하기란 쉽지 않다. 따라서 두 번째 장에서는 박민규의 소설을 통해 '공간과 시간', '공간과 상상력', '공간과 인간'의 관계성에 주목함으로써 변화하는 공간의 의미와 위계 없는 토포필리아topophilia의 치유적 가치, 수동적 주체에서 생산적 주체로 거듭나게 하는 공상의 즐거움, 우연적 공간의 생성과 이로 인한 주체의 균열, 변화하는 주체와 새로운 세계의 가능성 등에 대해 조망하였다.

세 번째 장에서는 인문지리학에서의 '공간'과 장소정체성, 글쓰기치료에서의 '공간'과 자아정체성에 대한 논의를 바탕으로, 팬데믹 시대 '공간'을 주제로 한 글쓰기치료 모형과 글쓰기치료 수업 사례를 소개하였다. 2019년 12월, 급작스럽게 찾아온 팬데믹으로 현대인들의 생활 반경은 큰 폭으로 줄어들었으며, 자유와 선택 대신 금기와 제약이 강요된 사회가 이어지고 있다. 특히, 관계와 소통의 단절은 현대인들에게 공포와 불안·우울 등의 심리적 문제를 야기하였으며, 20대들의 기분장애 비율은 크게 증가하고 있다. 따라서 세 번째 장에서는 사회적 거리두기와 관계의 단절 등으로 고립감과 우울감 등을 경험하는 20대들에게 심리적인 도움이 필요하다는 점, 팬데믹 시대 집 안이나 실내 공간에 머무는 시간이 크게 증가한 대학생들에게 '공간'에 대한 사유가 필요하다는 두 가지 문제의식을 바탕으로 4차시의 글쓰기치료 수업 모형을 설계하였다. 글쓰기치료의 4단계 과정을 따라 고안된 본 모델을 통해 학생들로 하여금 자신의 리비도가 가장 많이 투영되어 있는 공간을 발견하고, 그 공간에서의 행위와 의미들을 탐색하게 함으로써 '공간의 다양성과 소중함', '공간의 가치', 나아가 '글쓰기의 치유적 가치' 등을 확인하는 과정을 글쓰기치료 모형과 사례를 통해 제시하였다.

네 번째 장에서는 초연결시대 대학의 역할과 융복합 교육에 대해 조망하고, 강원대학교 전공융합 교과목인 〈글쓰기치료〉 수업에 PBL(문제중심학습)을 접목한 새로운 수업 모형을 소개하였다. 현재 대부분의 대학에서는 4차 산업혁명 시대를 맞이하여 학과 간 전공을 허물고, 창의성과 실용성을 강조한 새로운 융복합 연계 전공 및 관련 교과목 개발에 박차를 가하고 있다. 강원대학교 또한 둘 이상의 학과가 서로 연계하여 운영되는 '미래융합가상학과'를 운영하고 있으며, 다양한 전공의 학생들은 2학년 때부터 미래융합가상학과 수업을 선택하여 수강할 수 있다. 학생들은 새로운 학문에 대한 관심과 흥미, 새로운 분야의 지식을 쌓기 위해 융복합 교과목을 신청했지만 학습 과정에서 기존의 전공 교과목과 괴리감을 느끼거나, 낯선 분야의 지식 습득에 어려움을 느낄 수 있다. 따라서 네 번째 장에서는 강원대학교 미래융합가상학과 중 하나인 인문예술치료학과 교과목 〈글쓰기치료〉 수업에 PBL을 접목한 새로운 수업 모델을 제시함으로써, 복수전공 또는 부전공으로 운영되는 전공융합 교과목이 학생들의 기존 전공과 융합할 수 있는 방안, 실용성을 강조하는 대학 교육에서 학생들의 자기주도력과 문제해결력, 의사소통 능력을 기를 수 있는 수업 방안 등에 대해 탐색하였다.

　다섯 번째 장에서는 초연결시대 현대인들의 독서 양상, 초연결 사회의 특징 및 현대인들의 주체성과 병리성에 관한 논의를 바탕으로, 초연결시대의 독서가 지녀야 할 의미와 가치, 치유적 활용 가능성 등에 대하여 탐색하였다. 초연결시대의 독서가 지니는 의미와 역할은 그 어느 때보다도 중요하고 절실하다. 강한 연결 속에서 집중력과 주체성을 빼앗긴 현대인들에게, 디지털 세계에서 소외되고 외로운 현대인들에게 '종이책 독서'는 강한 연결로부터 분리되어 오로지 자기 자신의 내면 세계와만 연결되도록 만들기 때문이다. 초연결시대의 독서는 피로와 우울, 불안과 강박 등 초연결로부터 겪는 자신의 신체적·심리적 증상을 스스로 깨닫고 의지적 필요성과 선택에 의해 디지털 세계와 분리되는 과정이자, 혼자만의 시간을 확보하는 과정이다. '책'이라는 개별적이고 독립적인 공간에서 혼자만의 고독한 시간을 통해 자신의 내면 세계에만 집중할 수 있다는 것, 의도치 않은 연결망 속에 사로잡혀 여기저기 휩쓸리는 것이 아니라 자신만의 생각에 잠겨 주체적으로 유영遊泳할 수 있다는 것은 초연결시대, 독서라는 행위가 가져다주는 가장 큰 장점일 것이다.

늘 내가 빠져 있는 사이버 세계의 정보들 속에서 소외되는 것이 아니라 내가 주체적이고 적극적으로 만들어 낸 사유들을 통해 나의 존재성을 끊임없이 확인하는 것, 나아가 주체적인 사고를 통해 세상의 변화와 차이를 만들어 내는 것, 초연결의 상황 속에서도 중심을 잃지 않고 유연하게 반응하고 적응할 수 있는 힘을 길러 내는 것, 이것이 바로 초연결시대의 '읽기'와 '쓰기', 즉 '문학'이

지니는 치유적 힘일 것이다.

◆ ◆ ◆

학부 시절, 우연히 인문대 복도를 지나다 'HK 인문치료사업단'이라는 푯말을 발견하고는 무작정 문을 두드려 "저 인문치료 이거하고 싶은데, 어떻게 하면 되나요?"라고 당차게 물었던 부끄러운기억이 있다. 그 말 한 마디가 소중한 인연이 되어, 나는 학부 때부터 강원대학교 인문과학연구소 〈HK 인문치료 사업단〉의 연구보조원으로 참여하게 되었다. 연구소 선생님들을 따라 재활병원과 자활센터, 인문치료 캠프 등 인문치료의 현장을 다니며 참 많은 사람들을 만났고, 그림과 음악·동화책 등을 통해 서로의 마음을 나누고 상처를 치유하는 인문치료에 큰 매력을 느꼈다. 큰 고민 없이 대학원에 진학했고, 15년이 지난 지금도 나는 여전히 인문학의 치유력을 믿으며 이곳에서 한창 무르익는 중이다.

　이 책은 나의 첫 번째 결실이다. 연구소 선생님들의 격려와 응원덕분에 나는 2019년 한국연구재단 〈인문사회연구소지원사업〉의전임연구원으로 또 한 번 사업단에 참여하게 되었고, 지난 3년 동안의 연구들을 정리하여 한 권의 책으로 엮을 수 있었다. 서툴고부족하지만 늘 믿어 주시고 지지해 주신 인문과학연구소 소장님과 교수님들께 감사의 인사를 전한다. 학부 시절, 용기 내어 던진

말 한 마디가 나를 이렇게 따뜻하고 좋은 곳으로 이끌어 주었다.

　마지막으로 나와 가장 강력하게 연결되어 있는 나의 절친이자 나의 연인 재욱에게, 사랑스런 '가짜 쌍둥이' 연년생 두 아들 지안·주안에게, 그리고 늘 든든히 우리를 지원해 주시는 부모님께 감사와 사랑의 인사를 전한다. 가족들 덕분에 나는 참사랑이 무엇인지를 하나둘씩 배워 가는 중이다. 언제나 지금처럼 내 곁에 오래오래 있어 주시길.

　나에게 문학은 가장 큰 치유제이자 삶의 윤활유이다. 나는 깊어지기 위해 글을 읽고, 겸손해지기 위해 글을 쓴다. 문학을 통해 깊어지는 기쁨을, 문학을 통해 느끼는 평온함을 모든 이들과 함께 나눌 수 있다면 참 좋겠다.

2022년
아카시아 꽃향기 가득한 초여름
홍단비

차례

초연결시대, 복수 정체성에의 욕망과 문학적 상상력

이 글은 2021년 6월 《인문과학연구》 제69집에 실린 원고를 수정하여 재수록한 것이다.

포스트휴먼 담론과 '부캐' 열풍

2020년 화제의 키워드 중 하나는 '부 캐릭터'를 뜻하는 '부캐'이다. 몇몇 연예인들이 본래의 고정된 이미지와 캐릭터, 즉 '본캐'를 벗어던지고, 새로운 캐릭터를 창조하여 대중들에게 웃음과 친근함으로 다가감으로써 '부캐' 열풍을 일으켰다.[1] 이들은 기존의 스크린에서 보여지는 연예인으로서의 모습이 아닌 일반인으로서의 소박한 모습, 새로운 취미나 새로운 직업에 대한 도전 등 한 인간의 새롭고 다양한 측면을 여러 각도로 조망함으로써 대중들에게 감동과 웃음을 주는 한편, 대중으로 하여금 대리체험·대리만족 등을 경험하게 한다. 무엇보다 부캐 열풍이 가능했던 이유는 온라인게임, 소셜네트워크서비스SNS 등에서 다양한 자아에 익숙해진 대중이 거부감 없이 부캐를 받아들이고 즐길 수 있었기 때문이다. 게임 캐릭터와 SNS 등 가상세계에서만 가능했던 부캐의 존재가 현실에서도 실현 가능하다는 것을 눈으로 확인한 대중들에게 '부캐'는 새로운 즐거움이자, 현실 세계의 한계를 돌파할 수 있는 하나의 가능성으로 비춰질 수 있다. 이러한 부캐 열풍에 힘입어, 'N잡러'라는 신조어 또한 등장하였다. 2020년 12월에 방송된 〈SBS

---

1 대표적인 연예인으로 개그맨 유재석을 들 수 있다. 반듯하고 예의 바른 이미지로 국민 MC라 불리는 유재석은 기존의 이미지에서 탈피하여 드럼 치는 유고스타, 하프 연주자 유르페우스, 트로트 가수 유산슬, 혼성그룹 가수 유두래곤, 연예기획사 대표 지미유 등의 다양한 부캐를 창조함으로써 대중에게 많은 관심과 사랑을 받았으며, 해당 방송사에서 2020년 연예대상을 수상하였다.

스페셜〉, 'N잡 시대 부캐로 돈 버실래요?'에서는 '평생직장은 없다'는 신념 아래, 본업 외에 자신의 취미와 직무 관련 재능을 활용하여 다양한 수익을 창출하는 일반인들의 이야기를 다루었다. 이들은 본업 이외의 시간을 쪼개어 플로리스트·필라테스 강사·캐릭터 디자이너·보컬 트레이너·웹소설 작가·동영상 크리에이터 등 자신이 좋아하는 활동을 함으로써 본업에서 오는 스트레스를 해소하기도 하고, 수익의 일부를 기부하는 한편 자기변화와 자기성장의 발판으로 삼기도 한다. 전문가는 '사회구조는 유연해지고 사고방식도 유연해지면서 새로운 직업의 탐구, 출현 등 앞으로도 계속 부캐들이 다원화될 것'[2]임을 강조한다.

이처럼 부캐는 비단 연예인들만의 이야기가 아니다. 현대사회에서 부캐는 가상과 현실의 경계, 연예인과 일반인, 본업과 부업, 직업과 취미 등의 다양한 경계를 허물어뜨림으로써, 초연결시대에 '멀티 페르소나', '복수 정체성'으로서 인간의 무한한 가능성을 모색할 수 있게 한다. 복수 정체성과 유사한 개념으로 '분인分人'을 들 수 있다. '분인은 '현대 일본 순문학의 기수'라 불리는[3] 히라노 게이치로平野啓一郎가 2010년대 들어 제창한 개념으로, 개인을 뜻하는 'individual'에서 부정접두사 'in'을 떼어 버리고 인간을 '나눌 수 있는' 존재로 규정한다. 육체에 관한 한 우리는 나뉠 수 없는 개인이지만, 인격의 층위에서 우리는 다양한 '분인'으로 기능할

---

2 https://news.sbs.co.kr/news/endPage.do?news_id=N1006120756 참조.
3 신형철, 〈분인주의의 구조와 효력〉, 《나란 무엇인가》 서평, 21세기북스, 2015, 222쪽.

수 있다는 것이다. 게이치로에 따르면, 분인은 상대와의 반복적인 커뮤니케이션을 통해서 자기 내부에 형성되어 가는 패턴으로서의 인격이다. 직접 만나는 사람뿐만 아니라, 인터넷으로만 교류하는 사람도 포함될 수 있으며, 소설이나 음악과 같은 예술, 자연 풍경 등 인간 이외의 대상과 환경도 분인화를 유도하는 요인이 될 수 있다. 한 명의 인간은 수많은 분인의 네트워크이며, 거기에 '진정한 나'라는 중심은 없다.[4] '진정한 나'는 사회가 만들어 낸 환상에 불과하며, 진정한 나에는 어떠한 실체도 존재하지 않는다. 분인들의 실체만이 존재할 뿐이다. 즉, 분인은 환경과 상황에 따라 바뀌는 외현으로서의 캐릭터나 페르소나 너머의, 고정되지 않고 유동적으로 변화할 수 있는 다양한 인격들이다.

복수 정체성에 대한 욕망과 사유는 문학에도 반영되고 있다.

자신의 모든 육체적, 정신적 활동을 주관하는 유일 인격으로서 이들의 자기중심적 경향은 놀라울 정도로 뚜렷하게 표출됩니다. 한 정신의학자는 이를 일컬어 '삼위일체 효과'라고 칭합니다. 단일성 정체감 장애 환자에게는 총체로서의 나와 세상을 감각하는 나, 감각된 세상과 상호작용하는 유일한 나가 전혀 다르지 않습니다. … 단일성 정체감 장애 환자에게 있어 자기중심적 경향을 결코 떨쳐 낼 수 없는 본능입니다. 단일성 정체감 장애 환자는 언제나 막다른 골목을 등진 채 세상을 마주하고 있습니다. 하나뿐인 인격은

4 히라노 게이치로,《나란 무엇인가》, 이영미 옮김, 21세기북스, 2015, 14쪽.

결코 물러설 수 없고, 이는 곧 그들이 항시 현실에 과몰입하고 있다는 말로 이어집니다.[5]

위의 글은 2019년 제3회 한국과학문학상 대상 수상작인 이신주의《한 번 태어나는 사람들》의 일부이다. 이 글은 단일한 정체성을 가지고 살아가는 사람들은 '장애인'이자 '환자'로, 다양한 인격을 가지고 살아가는 사람들은 '정상인'으로 묘사함으로써, 기존의 사회질서와 인간관을 전복하는 한편, '다중적 자아'에 대한 사유를 확장해 나가고 있다. 이전의 환상소설에서 인간은 동물화되거나 투명인간화됨으로써 '주체성의 상실'을 상징했다면, 근래의 SF소설에서는 인간의 인격을 다양하게 쪼갬으로써 '주체성의 분할'을 피력한다.

복수 정체성에 관한 욕망과 사유는 포스트휴먼 담론과도 맞닿아 있다. 포스트휴먼 이론은 주체의 해체를 목표로 한다. 인간과 다른 이질적인 존재들의 결합을 통해 자아의 해체와 재구성을 거듭하며, 인간의 순종성을 혼종성으로 대체한다. 포스트휴먼, 사이보그 몸은 끊임없이 수정·개조·설정되는 몸으로 개인과 각 사회계급의 문화자본으로서 존재하며, 사회구조를 체현해 내는 확정 불가능한 몸이라는 복수 정체성을 지닌다.[6] 이때 복수 정체성

---

5   이신주, 〈한 번 태어나는 사람들〉,《제3회 한국과학문학상 수상작품집》, 허블, 2019, 44~45쪽.

6   마정미,《포스트휴먼과 탈근대적 주체》, 커뮤니케이션북스, 2014, 43쪽.

으로서의 포스트휴먼은 '과거, 현재, 미래의 공존'을 통해 단선적 시간 개념을 초월하며, 포스트휴먼이 보여 주는 인간의 정체성은 몸으로 체현된 구성체라기보다는 정보 패턴의 흐름과 밀접한 관련[7]이 있다.

이처럼 인간과 사물의 연결 포인트가 급증함으로써 정보들이 다양하게 결합되고, 시간과 공간의 제약이 극복되는 초연결사회에서, 부캐의 유행은 필연적인 현상이며 다중적 자아로서의 새로운 인간은 호명될 수밖에 없다. 그렇다면 복수 정체성으로서의 인간은 다양한 가능성으로서만 존재하는 것일까? 초연결사회의 연결은 카오스적이고 예측하지 못한 다양한 결과들을 파생시킨다. 지그문트 바우만Zygmunt Bauman은 '지금의 시대에 이르러 유행 현상을 결정하는 것은 인간 조건의 그 영원한 측면을 식민화하고 착취하는 소비시장'이라며 유행 현상에 대한 우려를 표한 바 있다.[8] 부캐, 또는 분인은 인간중심적 세계관을 해체하는 것이 아니라, 오히려 인간강화나 인간중심주의로 흐를 수 있는 위험성 또한 존재한다.

그렇다면 가상과 현실, 온라인과 오프라인 두 세계를 넘나들며 시간과 일상을 다양하게 쪼개어 살아가는 초연결시대의 우리는, 어떠한 삶의 방향성과 태도를 지녀야 할 것인가. 본고는 윤이형의 소설을 중심으로 초연결시대의 복수 정체성에 대해 사유해 보고

---

7   마정미, 《포스트휴먼과 탈근대적 주체》, 7쪽.
8   지그문트 바우만, 《고독을 잃어버린 시간》, 오윤성 옮김, 동녘, 2012, 106쪽.

자 한다. 윤이형은 포스트휴먼을 논할 때 문학의 자장 안에서 가장 활발히 언급되는 작가 중 한 명으로, 윤이형의 소설은 SF 장르를 적극적으로 활용하여 과학기술과 인간의 상호 영향 속에서 나타날 수 있는 다양한 가능성들을 사유케 한다.[9] 초연결성이란 주체성과 이데올로기의 문제에서부터 주체의 증상, 타자론 차원에서 주체의 해체와 재구성이라는 문제와 맞닿아 있으며, 우리는 이 시대에 호명된 복수 정체성으로서 인간의 의미와 그 존재성에 주목할 필요가 있다. 따라서 첫 번째 장에서는 윤이형의 세 편의 소설 〈굿바이〉, 〈쿤의 여행〉, 〈결투〉를 중심으로 초연결시대 복수 정체성에 대한 욕망과 이데올로기의 함정, 주체의 해체와 재구성 방식, 분인으로서 우리가 나아갈 방향성 및 그 가능성 등을 살펴보고자 한다.

탈육체의 욕망과 거대자본의 함정

앞서 말했듯 초연결사회의 인간은 온라인과 오프라인을 오가며 시간과 공간을 다양한 방식으로 쪼개어 생활한다. 현실 세계에서

---

9 윤이형은 지금까지 《셋을 위한 왈츠》(문학과지성사, 2007), 《큰늑대 파랑》(창비, 2011), 《러브 레플리카》(문학동네, 2016), 《작은마음동호회》(문학동네, 2019) 등 네 권의 소설집을 발표하였다. 윤이형의 소설은 로봇과 안드로이드·사이보그 등 기술과 인간이 결합한 새로운 형태의 미래 인간을 소설 속에 등장시킴으로써 포스트휴먼의 가능성과 한계점을 재현하는 한편, 미시적이고 감각적인 접근을 통해 여성과 노인·동성애자 등 소수자들의 개별적 삶에 관심을 가져 왔다.

는 상징계의 법과 질서에 따라 본래적 의미로서의 나보다는 '보여
지는 나', 현실에 '순응하는 나'로 살아가야 하는 경우가 많다. 그
러나 사이버 세계에서는 현실 세계의 나와 또 다른 나를 창조할
수 있고, 현실에서의 결여를 채울 수 있는 새로운 공간들이 존재
한다. 현실 세계에서 빈곤하거나 소외된 자도 가상세계에서 주목
받을 수 있고, 우울한 현실을 벗어나 사이버 세계에 접속하면 흥
미롭고 유쾌한 일들이 가능해진다. 온라인에서는 내가 통제하고
내가 주인이며 내가 규칙을 정할 수 있다. 온라인 세계는 유희의
공간임은 물론, 현실도피의 공간이자 자기창조의 공간이며 무한
한 가능성의 공간이 될 수 있다. 윤이형의 〈굿바이〉[10]는 새로운 삶
을 꿈꾸며 피와 살로 이루어진 몸을 얼음 속에 재워 두고 기계의
몸을 빌려 화성에서의 삶을 살아가는 스파이디 '그녀'와, 치욕스
럽고 고통스러운 삶이지만 뱃속의 아이를 위해 꾸역꾸역 현실을
감내하며 살아가는 '당신'의 대조적인 이야기가 '당신'의 뱃속 태
아인 '나'의 시점에서 그려진다. '보다 나은 현실(탈현실)'을 꿈꾸며
스파이디의 삶을 선택한 사람들은 주로 두 부류이다. "첫째는 '자
신의 육체를 포기할 만큼' 프로젝트 자체에 믿음과 애정을 갖고
있는 학자와 연구자들, 두 번째는 자신이 만들어 낸 범죄와 폭력
에 내몰린 사람들, 그 악순환의 쳇바퀴에 매달려 간신히 돌아가던
사람들, 쫓겨 다니며 은신처를 찾던 사람들, 자발적으로가 아니라

---

10   윤이형, 〈굿바이〉, 《러브 레플리카》, 문학동네, 2016. 이후부터는 작품명과 인용 페이
     지만 적는다.

타의에 의해 '신체를 포기할 지경'에 이른 사람들"(70쪽)이다. 스파이디 '그녀'는 첫 번째 유형으로 젊고 아름다운 육체를 지녔지만 "어떤 생명도 착취하지 않으면서 사는 삶"(54쪽)에 대한 '신념' 때문에, 기꺼이 자신의 육체를 버리고 화성행을 택한다. 반면 '당신'은 두 번째 유형이지만 아이를 가진 자신의 신체를 결코 포기할 수 없다. 오히려 당신은 스파이디들에게 냉동 보관된 몸을 보여 주고 그들을 설득하여, 리턴 시술 동의서에 서명하게 만드는 '갱생 상품' 판매원으로서의 삶을 택한다.

믿어-지십니까. 돈이라는 것을 쓰지 않아도 살 수 있었습니다. 돈을 벌지 않아도 도태되거나 삶이 위협당할 일이 없었고, 공허할 것 같았지만 나름대로 할 수 있는 일이 많아 공허하지 않았습니다. 우리 모두의 몸이 똑같이 생겼다는 사실 또한 신기하게도 별로 괴롭지가 않았습니다. 나와 네가 다르지 않고 같다는 게, 그 순간에는 다행으로 느껴졌지요. 《굿바이》, 66쪽》

스파이디들은 탈육체화(탈현실)를 통해 "화폐를 사용하지 않는 새로운 인류 공동체"(54쪽) 건설을 꿈꾼다. 자신만의 개성 있는 몸을 버리고 누구나 똑같은 동일성으로서의 기계몸을 가지게 된다면, 생물체로서의 몸이 필요로 하는 본능과 '차이'에서 비롯되는 다양한 욕망에서 벗어날 수 있고, 결과적으로 자본으로부터 해방될 수 있다는 '신념' 때문이다. 즉, 스파이디들은 탈육체화를 통해 몸과 정신을 분리함으로써, 현실에서 벗어나 자신들의 신념을 실현함으로써 새로운 존재로 재탄생하고자 한다. 스파이디들이 자신의 육체를 포기하고 자아실현과 현실도피 등을 이유로 화성에 간 것처럼, 초연결시대의 인간 또한 다양한 이유들로 사이버 공간으로 향한다. 자신을 구속하는 물질적 제약이나 환경에서 벗어나 자유를 추구할 수 있다는 생각, 현실에서 벗어난 새로운 공간이 자신에게 또 다른 기회가 될 수 있다는 생각에 육체와 정신, 정보와 신념 사이의 경계선을 너무나 쉽게 허물어 버린다. 그리고 새로운 연결 속에서 지나치게 많은 정보를 습득하고, 많은 정보를 퍼 나르며, 많은 생각들을 공유한다.

그러나 가상세계에서 꿈꾸는 유토피아는 사실 환상에 가깝다. 스파이디들은 '평등'을 바탕으로 한 새로운 인류 공동체 구현을 위해 머릿속에 든 모든 것을 디지털 신호로 바꾸어 전자뇌에 이식함으로써 정신까지도 공유하기에 이르지만, "많은 머리통들이 죄다 연결돼서 온갖 것들이 비집고 들어와 지금 하는 게 내 생각인지 남의 생각인지 구별할 수도 없고, 나라는 존재가 대체 어디까진지조차 헷갈리는"(60쪽) 지경에 이르게 된다. 사이버 세계에 함몰되어 자신의 정체성을 잃어버린 초연결자의 명암을 엿볼 수 있다. "평등 하나 얻겠다고 멀쩡한 몸을 포기하고, 자아까지 포기"(61쪽)한 스파이디들은 점차 자신들의 신념을 의심하게 된다. 새로운 자아 창조를 위해 현실을 버리고 탈현실의 세계로 향했으나 오히려 몸과 정신, 현실과 가상, 나와 타자의 경계들이 허물어지고 차이가 지워짐으로써 개별자로서의 자아는 점차 소멸되어 간다.

그즈음 네트워크에 접속한 우리 모두의 뇌에 한 덩어리의 낯선 경험이 공유된 일이 있었습니다. 그건 말하자면 인간의 육체에서 추출된 몇 가지 경험들을 압축해 놓은 가상현실과 같은 것이었습니다. 아주 사소한 경험, 그러니까 토사-모래가 손바닥을 따끔따끔 찌르는 느낌, 바다에서 나는 냄새와 바람에 머리카락이 휘날리는 감각, 잘 내린 커피와 담배의 향, 켄터키 프라이드 치킨의 맛, 뜨거운 물에 세척-샤워를 할 때의 느낌, 그리고 연인과의 친밀한 포옹, 그런 것들이 한데 뒤섞여 들어 있더군요. 《굿바이》, 69쪽)

화성에서의 공동체 실험이 진행된 지 5년째 되던 어느 날, 스파이디들에게 "가상현실과 같은"(69쪽) 자극적인 감각이 공유된다. 기계몸으로 갈아탄 후 완전히 잊고 있었던 인간의 육체, 몸의 감각이다. "비록 인공적인 것이기는 했지만 너무도 진짜 같았고, 잠깐 동안이지만 다시 인간의 몸으로 돌아간 것 같은 느낌"(69쪽)에 스파이디들은 동요하기 시작한다. 이 사건 이후로 스파이디들의 사망이 줄지어 발생하고 스파이디들은 당황한다. 기계몸의 죽음은 사고나 자살이 아니면 불가능하기 때문이다. 그렇다면 누가, 어떤 목적으로 그런 감각 덩어리를 창조하여 전자신호로 공유했을까? 공동체 실험에 실패한 스파이디들은 다시 자신의 본래 몸을 찾아 지구로 돌아오려 하지만, 이들 앞에는 거대자본의 함정이 도사리고 있다. 기계몸으로 갈아탈 때는 돈이 들지 않았지만, 다시 본래의 몸으로 돌아오려면 리턴 시술 비용 '4,800만 원'이 필요하기 때문이다. 어려우면 "정부에서 특별히 지원하는 대출상품"(64쪽)도 준비되어 있다. "자본에서 벗어나기 위해 모순되게도 자본의 힘을 빌려 기계몸으로 갈아탔음(67쪽)"을 깨달은 스파이디들은 엄청난 자본의 대가를 치르고 다시 인간의 몸으로 돌아오거나, 패배감과 좌절감에 괴로워하다 자살을 택하기에 이른다. 탈육체의 꿈도, 탈현실의 꿈도, 새로운 이념 실현의 꿈도 모두 산산조각 나 버린 것이다. '화폐를 사용하지 않는 새로운 인류 공동체 구현'이라는 이들의 신념 또한 자본주의가 만들어 낸 환상에 지나지 않았다. 이렇듯, 스파이디들의 분인 되기는 완벽한 실패로 점철된다.

스파이디의 분인 되기 실패는 초연결시대, 현대인들의 복수 정체성에 대한 욕망과 거대자본의 함정을 잘 보여 준다. 새로운 가능성으로 보여지는 사이버 세계는 민주주의보다는 전체주의에 더 가깝다.[11] '정보의 바다'라고 불리는 사이버 세계에서 우리는 자유롭게 정보를 검색한다고 여기겠지만, 사실은 구글이 취사선택한 틀 안에서 검색이 이루어지고, 틀 안에 저장되어 있는 정보들을 제공 받는다. 뿐만 아니라 인간의 가장 원초적 욕망인 '감각'[12]을

---

11 분명 견고한 민주주의에 기반을 두고 있지만, 웹상에서 우리가 개인 영역을 만드는 방식, 즉 타인과의 접속과 차단을 통해 관계 형성을 주도하는 '적극적인 네티즌의 활동'은 민주적인 방식과는 거리가 멀다. 오히려 정반대로 소셜네트워크상의 개인 프로필을 통해 우리는 모두 전체주의적 환상을 경험한다고 할 수 있는데, 누군가를 개인적으로 모른다는 이유로 접근을 금지하고 '접속' 요청을 배제하는 자유를 누린다. 지그문트 바우만 외, 《액체세대》, 김혜경 옮김, 이유출판, 2020, 69쪽.

12 가상현실의 초점은 '인간 감각의 확장'이며, 미디어는 감각 양식의 변화를 초래한다. 그리고 이 감각이 개개인의 인식과 경험을 형성하고 있는데 사회를 형성하는 산물에 대하여 우리는 많은 대가代價를 지불하고 있다. 마셜 맥클루언, 《미디어의 이해》, 김상호 옮김, 커뮤니케이션북스, 2003, 57쪽.

자극하는 자본의 논리에 현혹되어 감각적이고 자극적인 정보들을 생산·소비함으로써 스스로를 착취한다. 이처럼 과학기술과 대자본은 새로운 권력을 형성하여 인간을 자본주의의 굴레 속에 가두고 도구화함으로써, 인간의 주체성은 알게 모르게 거대자본의 흐름에 잠식되어 버린다. 사실상 인간의 분인 되기는 자본주의가 만들어 낸 환상 안에서만 기능할 뿐이다.

스파이디들의 분인 되기는 실패로 끝이 났지만, 스파이디 '그녀'는 환상 가로지르기를 통하여 새로운 방식으로의 분인 되기를 실현한다. 충분한 돈이 있음에도 모두가 예상하듯 자신의 본래 몸으로 돌아가는 것이 아니라, 스스로 자신의 몸을 '소각'시켜 버림으로써 진정한 탈육체화에 성공한다. 여기서 말하는 진정한 탈육체화란 그녀가 상징적 회로 내에서 끊임없이 미끄러지는 욕망으로부터 스스로를 구원했음을 말한다. 어느 순간부터 거대자본은 그녀에게 '화폐를 사용하지 않는 새로운 인류 공동체 구현' 대신, '지구에서 인간의 육체, 몸의 감각을 향유하며 살아가기'를 욕망하라고 말한다. 하지만 이미 상징계가 폐기한 욕망을 그녀는 결코 포기하지 않는다. 지젝Slavoj zizek은 "나를 없어서는 안 되는 존재, 객관적으로 유일무이한 존재로 만드는 것은 나 자신의 환상"[13]이라고 말한다. 그녀가 '더 나은 세계'에 대한 욕망을 '주어진 것'으로서가 아니라 '스스로 선택한 것이자 책임져야 할 것'이라고 말하며 다시 화성으로 향할 때, 스파이디는 비로소 진정한 개별자가

13 토미 마이어스, 《누가 슬라보예 지젝을 미워하는가》, 박정수 옮김, 앨피, 2005, 191쪽.

된다. 개별자로서의 분인, 그것은 상징계로서의 자본주의가 구성한 타자적 욕망에 휩쓸리지 않고, 욕망의 주체화를 실천하는 존재이다.

소중하기 때문에 포기해야 하는 것도 있는 게 아닐까요. 아무것도 잃거나 바꾸지 않고, 어떤 고통도 감당하지 않으면서 새로운 삶을 얻을 수는 없어요. 《굿바이》, 75쪽)

초연결시대, 다양한 연결 속에서 멀티태스킹을 꿈꾸는 우리들에게 스파이디 '그녀'가 던지는 메시지는, 우리가 포기해야 하는 것이 과연 무엇인지에 대해, 그리고 거대주체를 가로지르는 복수 정체성의 의미와 그 가능성에 대해 진지하게 고민하게 한다.

주체성으로부터의 분리와 전유하는 삶

우리는 살아가면서 '인간이란 무엇인가', '나는 누구인가' 등 자기 정체성에 대한 질문과 함께 '진정한 나를 찾아야 한다'는 끊임없는 압박에 시달린다. 인간의 정체성은 고정된 것이 아니라 가변적이고 유동적이며, '진정한 나'란 상징계가 만들어 낸 환상임에도 불구하고, 우리는 해답 없는 질문에 답하기 위해 스스로를 착취하며 자기 찾기에 몰두한다. 인간의 '보편적 본성'과 '일관된 주체성'을 전제로 하는 위의 질문에 대해 니체Friedrich Wilhelm Nietzsche는 유쾌하게 답한다. "또 하나의 가면, 두 번째 가면을 달라!"¹⁴ 니체의 외침처럼 초연결시대 우리가 찾아야 할, 그리고 우리에게 필요한 것은 고유한 자기정체성이 아닌, '또 하나의 가면', 새로운 '복수의 정체성'들이다. 윤이형의 〈쿤의 여행〉¹⁵은 내게 붙은 쿤을 떼어 내고 진정한 자신을 찾기 위해 고군분투하는 '나'의 이야기이다. '나'는 열다섯 살 때, 집에서는 가정폭력을 일삼지만 세상에서는 '멘토, 선생님, 스승님, 정신적 지주, 아픔을 위로하고 상처를 치유하는 사람'으로 불리는 새아버지의 존재를 도저히 견딜 수 없어 "우연히 그날 그곳을 굴러가고 있던 쿤"(111쪽)에게 업혀 한 몸이 된다. 내 몸의 주도권을 잡고 있는 건 내가 아니라 쿤이었고, 나는 언제나 쿤에게서 떨어지지 않으려고 "팔로 쿤의 목을 감고, 두 다리를 쿤의 옆구리에 바싹 붙여 업혀"(86쪽) 지낸다.

　　나는 엄마를 보고 싶지 않았다. 엄마가 겪어 온 시간, 감내해야 했던 삶의 무거움을 알고 싶지 않았고, 닮고 싶지 않았다. 나는 쿤의 뒤에서 밥은 먹었는지, 아픈 데는 없는지 엄마에게 묻곤 했다. 그러나 그 이상은 하지 않았다. 내가 아무 말도 하지 않으면 오븐

14　그대는 누구인가? 나는 비웃음도 사랑도 없이, 헤아릴 길이 없는 눈으로 네가 너의 길을 가는 것을 바라본다. … 너는 누구인가? 너는 무엇을 해 왔던가? 여기서 쉬어라. 이곳은 모든 사람들을 환대한다. 네 기운을 회복하라! 또한 네가 어떤 사람이든, 지금 너의 마음에 드는 것은 무엇인가? 기운을 회복하게 위해 너에게 필요한 것은 무엇인가? 그것을 말해 보라. "그것은 또 하나의 가면! 두 번째 가면이다!" 프리드리히 니체, 《선악의 저편》, 김정현 옮김, 책세상, 2002, 299~300쪽.

15　윤이형, 〈쿤의 여행〉, 《러브 레플리카》, 문학동네, 2016. 이후부터는 작품명과 인용 페이지만 적는다.

이 예열될 때처럼 약간의 시간이 지난 뒤에 쿤이 천천히 움직였다. 쿤은 해마다 엄마의 생일을 챙겼고 장례식에서 엄마의 유해가 수습되는 광경도 나 대신 지켜보았다. 나는 그런 일은 슬퍼서 하기 싫었다. 《쿤의 여행》, 89~90쪽)

쿤은 일종의 방어기제이자 '나'의 가면, '나'의 아바타이다. 내 겉모습을 취한 쿤은 "내 명령에 복종하고, 나 대신 추해지면서"(112쪽) 내가 기피하던 모든 일들을 해 나간다. 나 대신 결혼을 하고 아이도 낳는다. 그러나 쿤과 하나가 된 후로 나는 성장이 멈췄고, 처음에는 우무나 곤약처럼 '물컹거리는 회백색 덩어리'였던 쿤은 점차 자라기 시작하여 '무표정한 마흔 살 여자'로 굳어져 버렸다. 쿤과의 결합으로 '몸'을 빼앗겨 버림으로써 나의 주체성은 점차 소멸되어 가고, 반대로 쿤은 '몸'을 획득함으로써 조금씩 주체성을 생성하게 된다. 25년간 쿤과 하나로 살아가면서도 나는 큰 결여를 느끼지 못했지만, 그럼에도 내가 쿤과의 분리 수술을 통해 홀로서기를 결정한 이유는 "아이 때문"(88쪽)이다. '엄마'라는 기표는 내가 절대로 빼앗겨서는 안 되는 고유한 어떤 것이기 때문이다. 엄마가 되기 위해 쿤의 등에서 내려온 나는 '빨리 자라는 방법'을 찾아 세상 밖으로 나선다.

세계를 보면 자라는 데 도움이 되는데 여러 가지 방법이 있으니 마음 가는 일부터 시작하면 돼요. 의사는 그렇게 말했다. 물 많이 마시고 푹 자고, 사람들과 얘기 많이 나누고요. 《쿤의 여행》, 91쪽)

초연결시대, 복수 정체성에의 욕망과 문학적 상상력 |

첫 번째로 찾아간 병원에서 의사에게 받은 처방은 '세계를 바라보기', '다른 사람들과 소통하기'이다. 의사의 처방대로 나는 컵 가득 생수를 따라 마시고 아르바이트 자리를 찾아 돌아다닌다. 그동안 연락하지 못한 사람들, 사과하고 싶은 사람들, 내가 의도적으로 외면했던 사람들에게 마치 죽음을 앞둔 사람처럼 부지런히 메일을 쓴다. 그러나 중학생의 몸인 나를 아무도 채용해 주지 않았고, 메일에 대한 답장은 어디서도 오지 않았다. 그러던 중 낮엔 사람들을 가르치고 화를 내며 좌측통행을 권하고, 밤이 되면 조용히 종이박스를 주우며 우측통행을 권하는, 낮엔 오른쪽 밤엔 왼쪽, 낮과 밤의 인격이 분리되어 병리적인 삶을 살아가는 할머니를 만난다. 쿤과 내가 분리된 것을 알아차린 할머니는 나에게 말한다.

고생은 하지 마! 고생하는 거랑 크는 거랑은 아무 상관도 없어.

《쿤의 여행》, 92쪽)

다음으로 내가 만난 사람은 스물네 살 때 소개팅으로 만나 두 달 사귀었다 헤어진 C였다. 우리가 사귀게 된 이유는 당시 유행하던 체코 작가의 똑같은 책을 "우연하게도"(97쪽) 동시에 읽고 있었고, 서로의 눈에만 서글퍼 보이는 쿤이 마음에 들었기 때문이다. 오랜만에 만난 C의 쿤은 자연스럽게 떨어져 나간 상태였고, 빨리 자라는 비법을 묻는 나에게 삼촌처럼 커버린 C는 말한다.

글쎄, 내가 뭘 했지? 난 그냥 똑같았던 것 같은데. 돈을 벌어야 해

서 벌었고, 그 외의 시간에는 하고 싶은 일을 했어. 《쿤의 여행》, 100쪽)

이들의 충고를 되뇌이며 나는 '자라기 위해' 노력한다. 그러나 나는 조금도 자라지 않았고, 딸은 나에게 "쉬지 않고 몸을 움직이고, 계속 웃고, 또 몸을 움직이고, 하나 둘 셋 넷 하나 둘 셋 넷, 할 수 있어, 할 수 있어! 그런 말을 끝도 없이 하는 다이어트 비디오 속 언니들 같아서 안타깝다"(99쪽)고 말한다. 내가 조금도 자라지 않는 이유는, 나는 여전히 상징계가 만들어 낸 환상의 자리들을 좇고 있기 때문이다. 의사가 해 준 조언도, 쿤과 분리된 C의 조언도 모두 상징세계에서 아주 잘 안착하여 살아가는 방법이다. 어쩌면 C의 쿤은 저절로 떨어져 나간 것이 아니라 C가 쿤에게 흡수되어 소멸돼 버린 건지도 모른다. 오히려 두 개의 인격으로 분리되어 살아가는 '왼쪽 할머니'만이 진실을 얘기한다. '고생하는 거랑 크는 거랑은 아무 상관도 없어! 고생 끝에 낙이 온다는 말은 다 거짓이야! 이데올로기가 만들어 낸 환상이야!'라고. 나에게 필요한 것은 외적 성장이 아닌 또 다른 주체성임에도 불구하고, 나는 여전히 상징계의 '엄마' 역할과 자리를 고수하며 자기동일성에서 벗어나지 못한다.

리처드 로티Richard Rorty는 자아란 고정되거나 완성되어 있어서 우리가 발견해야 할 어떤 것이 아니라, 우리의 서술에 의해 새롭게 창안되어야 할 것이라고 주장한다. 보편적 인간성 같은 것은 존재하지 않으며, 우리는 '나를 어떻게 만들 것인가'를 고민해야

초연결시대, 복수 정체성에의 욕망과 문학적 상상력 |

한다고 주장한다.[16] 우리는 상징계가 만들어 낸 기존의 가면을 벗어던지고, 자아에 의해 새롭게 '창조된 가면'을 써야 한다. 니체가 자기인식의 과정을 저 바깥에 있는 어떤 진리에 대한 앎에 도달하는 과정이 아니라 '자아창조의 과정'이라고 본 것처럼, 우리는 고정된 주체성에서 벗어나 새로운 가면들을 스스로 만들어 쓰고, 스스로 벗어 버릴 줄 알아야 하는 것이다.

내게 새와 고양이가 되어 보라고 주문했다. 신과 싸우는 단 한 명의 인간이 되어 보라고도 했다. 나는 하늘을 날다가 훨훨 내리고, 하루 종일 늘어지게 낮잠을 자고, 주먹을 휘둘러 허공을 때렸다. 이마에 땀이 배어나왔다. 이제 무엇이든 되고 싶은 것이 되어 봐. 나는 가만히 서 있었다. 보이지 않는 거대한 물음표가 내리누르는 것 같았고, 텅 빈 객석이 나를 적대하는 느낌이었다. 나는 나를 사랑하는 사람이 되고 싶었다. 그랬다. 그게 내가 되고 싶은 것이었다. (《쿤의 여행》, 109~110쪽)

하고 싶은 것을 하라는 C의 조언에 나는 대학생 시절, '취업 준비' 때문에 포기해야 했던 연극동아리를 찾아간다. 극회에서 잡일을 하게 된 나는 "배우가 되고 싶지만, 공무원이 되어야만 한다"(107쪽)는 괴로움에 매일 술에 절어 사는 선배에게 '연기'를 가르쳐 달라고 부탁한다. 동아리방 사람들 중 유일하게 내가 쿤에게서

---

16   이유선, 《리처드로티, 우연성 · 아이러니 · 연대성》, 커뮤니케이션북스, 2016, 13쪽.

분리되었다는 것을 알아차린 선배는 나에게 '무엇이든 되고 싶은 것'이 되어 보라고 한다. 내가 되고 싶은 것이 '나를 사랑하는 사람'이라는 것을 깨달은 나는 '사과를 받아 내기 위해' 새아버지를 찾아간다. 그리고 그곳에서 "자신의 쿤에 눌려 숨을 헐떡이는 조그만 그"(113쪽)를 똑바로 보게 되고, 그 역시 나처럼 "무언가를 견딜 수 없어 끝없이 쿤을 찾아다니는 불완전한 어린애에 불과"(113쪽)했음을 깨닫는다. 새아버지 또한 '멘토, 선생, 스승, 정신적 지주'라는 이름의 쿤에 업혀, 자기동일성에 고착된 채 힘든 삶을 살아왔던 것이다. 아버지에게 '미안하다'는 말을 듣고, 아버지를 이해하고 용서하게 된 나는 분리 수술 도중 쿤과 함께 숨을 거둔 '내 어린 아버지'에게 "괜찮아요. 자라지 않아도"(114쪽)라고 말하며, 상징계가 구성한 자기동일성의 가면을 완전히 벗어던진다.

'자아'라는 개념은 우연적이며, 자아란 우연히 직조되는 신념과 욕망의 그물망이다.[17] 내가 '우연히' 그곳을 굴러가고 있던 쿤에게 업혔듯, 그리고 '우연하게' 같은 체코 작가의 책을 읽던 C를 만나 연인이 되었듯, 주체성의 구성에는 언제나 '우연성'이 개입한다. 따라서 우리는 '-는 -해야 한다'는 상징적인 기표들이 달라붙기 전에 기존의 주체성에서 분리되어 또 다른 우연성들이 개입할 수 있도록 '빈자리'를 만들어 줌으로써, 주체성을 새롭게 구성할 수 있어야 한다. 바우만은 지금 시대에 가장 강하게 욕망되는 정체성의 이상적인 속성은 '생분해성'이라고 말하며, 오늘날의 세대에게

---

17 이유선, 《리처드로티, 우연성 · 아이러니 · 연대성》, 9쪽.

초연결시대, 복수 정체성에의 욕망과 문학적 상상력 |

가장 중요한 것은 '정체성'과 '네트워크'를 다시 구성할 필요가 생기는 순간, 혹은 이미 생겼다고 느껴지는 순간에 그것들을 '재구성할 수 있는 능력'[18]임을 피력한다.

쿤을 만나지 않고 살았다면, 우리의 빈 곳을 그대로 비워 둔 채 살았다면 우리는 서로를 만날 수 있었을까. 그리고 나는 평생 한 번이라도 집을 나서 볼 수나 있었을까. 《쿤의 여행》, 113~114쪽)

쿤은 인간이면 누구나 가지고 있는 방어기제로 볼 수 있다. 방어기제는 심리적 외상이나 상처로부터 자아를 보호하기 위해, 아픔을 딛고 성장하기 위해 인간에게 꼭 필요한 것이다. '나'의 아버지가 쿤에게 지나치게 의존하고 집착함으로써 고착되어 버린 것과는 달리, 화자인 '나'는 방어기제로서 쿤의 존재를 깨닫고 적극적으로 쿤과의 분리를 시도했다. 그리고 그 결과 새로운 존재로 거듭나게 된다. 차생差生=différentiation하는 세계를 가로지르면서 자신의 정체성을 만들어 가는 것이 인간이라는 존재가 가지는 삶의 근본 조건이다.[19] 화자인 '나'가 쿤과의 만남과 분리의 과정을 통해 고정된 주체성에서 벗어날 수 있었듯, 자아 찾기의 여정을 통해 상징계가 부여한 '가사, 육아, 돌봄, 헌신하는 엄마'의 가면 대

---

18 과거의 세대들이 한 번으로 끝나는 정체화를 두고 고민했다면, 오늘날의 젊은이들은 끊임없이 재정체화를 고민하는 쪽에 더 가까워지고 있으며, 정체성은 쓰다 버릴 수 있어야 한다. 지그문트 바우만, 《고독을 잃어버린 시간》, 오윤성 옮김, 동녘, 2012, 30쪽.

19 이정우, 《주체란 무엇인가》, 그린비, 2009, 87쪽.

신, '나 자신을 사랑하는 엄마'라는 새로운 가면을 획득하였듯, 초연결시대의 우리들 또한 타자성과의 만남을 통해 주체의 빈 공간을 새로운 것들로 채우고 비움을 반복[20]함으로써 늘 변화하는 주체로 거듭나야 할 것이다.

결여 없는 세계의 분인-되기와 타자성의 확장

앞서 살펴보았듯 '진정한' 분인 되기에 앞서 선행되어야 할 것은 '자본주의의 함정', '자아 찾기의 함정'에 대한 깨달음이다. 초연결 사회는 우리에게 다양한 연결들 속에서 상징적 역할로서의 부캐, 즉 멀티 페르소나와 멀티태스킹을 강제한다. 우리는 주체적인 선택을 통하여 새로운 자리들을 만들어 간다고 생각하지만, 사실은 이미 구성되어 있는 빈자리들에 자아를 쪼개어 넣음으로써 우리의 주체성을 고정시키고 함몰시킨다. 갈라짐의 경우와 마찬가지로 합쳐짐의 경우에도 어떤 '새로운 것'의 탄생이 이루어지지 못한다면, 결국 기존 이름-자리들의 체계에서의 이합집산에 다름 아니며, 거대주체의 총체성은 오히려 이 이름-자리의 체계를 더

---

20 반복은 재현에 도전장을 내민다. 즉, 그에 대해 늘 충실하지 않은 진실된 주체는 바로 가면이다. 그런 식으로 반복된 것은 늘 기표화되어야만 했던 것이지, 결코 재현된 것이라고는 할 수 없다. 그러나 동시에 그것은 자신을 의미화하게 됨에 따라 가면을 써 왔다. 키스 안셀-피어슨, 《바이로이드적 생명》, 최승현 옮김, 그린비, 2019, 151쪽.

공고히 함으로써 진정한 자아창조를 가져오지 못한다.[21] 그렇다면 우리는 히라노 게이치로가 제창한 '분인' 개념을 다시 한 번 숙고할 필요가 있다. 아즈마 히로키東浩紀가 지적했듯, 히라노 게이치로의 '분인' 개념은 자칫 '일관된 개인이기를 그만두고 각각의 공동체에 최적화한 분인이 되자는 것',[22] 환경의 변화를 긍정적으로 받아들이고 '타인들과의 만남 속에서 다양하게 탄생하는 내 안의 분인들의 구성 비율을 조절하면서 살아가자는 것'[23]으로 이해될 수 있기 때문이다. 즉, 히라노 게이치로의 분인 개념에는 '타자성'에 대한 고찰, '-되기' 개념이 빠져 있다. 앞서 살펴보았듯, 초연결 사회로 인해 발생한 복수 정체성에 대한 욕망을 생산적으로 전유할 수 있는 방법은 나를 다양하게 쪼개는 것이 아니라, '-되기'를 반복함으로써 나를 다양하게 재구성하는 것이다. 그렇다면 타자론의 차원에서 되기의 영향력을 확장할 수 있는 방법, 되기를 실천할 수 있는 방법은 무엇일까. 윤이형의 〈결투〉[24]를 통해 그 가능성을 모색해 보고자 한다. 〈결투〉는 인간의 본체와 분리체에 관한 이야기이다. "사람들은 계속 분열했고, 분열은 분리로 이어졌다. 분열은 암 같은 것이 아니어서 한 번 시작된 것을 도중에 중단할

---

21 술어적 주체를 넘어 변이하는 삶을 살아갈 때, 갈라짐과 합처짐은 단지 집합론적 형태를 띠기보다는 오히려 기존의 집합론적 구조 자체를 변이시키게 된다. 그때에만 '되기'가 가능하고 윤리적 창조가 가능하게 된다. 이정우, 《주체란 무엇인가》, 94~95쪽.
22 아즈마 히로키, 《약한연결》, 안천 옮김, 북노마드, 2016, 147쪽.
23 신형철, 〈분인주의의 구조와 효력〉, 228쪽.
24 윤이형, 〈결투〉, 《큰 늑대 파랑》, 창비, 2011. 이후부터는 작품명과 인용 페이지만 적는다.

방법은 없었다. 분리체가 떨어져 나와야 끝나는 일이었다."(203쪽)
이유가 무엇이든 간에 분리가 일어난 인간들은 다양한 최신식 무기들이 구비되어 있는 체육관에서 본체와 분리체가 잔인한 결투를 벌여, 살아남는 쪽만이 본체이자 인간으로 규정된다. 남들에게 비밀로 하면서 어떻게든 본체와 분리체가 함께 살아가려는 사람들도 있었지만, 대부분은 실패했다. "본성이 악하기 때문이 아니라 물리적으로 불가능하기 때문"(203쪽)이다. 국가는 두 인격체의 공존을 허락하지 않았다. 공존이 가능한 시스템을 제공하는 대신 결투를 할 수 있는 공간과 도구를 제공했고, 파생하는 문제들은 분열을 일으킨 시민 당사자의 책임으로 전가시켰다. 결국 효율성과 생산성에만 초점이 맞춰져 있는 국가 시스템에 따라 '나약한' 인격체는 폐기되어 버리고, 결투에서 승리한 '강한' 인격체만이 살아남는다. 이 세계는 효율성이 떨어지는 복수의 정체성을 결코 허락하지 않으며, 거대주체의 명령에 복종하며 생산적으로 기능하는 단 하나의 주체성만을 강요한다. 이 소설에서 주목해야 할 점은 '그럼에도 불구하고' 반복해서 다시 분열, 생성되는 분리체의 존재이다.

잘 생각해 보니까 분열하기 전에 문득문득 그런 생각이 스치곤 했던 것 같아요. 이래도 되는 건가? 이거 사도 되는 걸까? 여기 와도 되는 걸까? 뭐 이런 순간적인 생각들이요. 그러니까 속으로만 했던 그런 아주아주 희미하고 옅은 생각들이 모이고 뭉쳐서 개한테 들어간 것 같아요. … 내가 생각하지 못한 부분을 쟤는 생각하고 있구나, 싶기도 했고 반대로 걔가 생각하지 못하는 부분들도 있으니까 제가 설명해 줄 때도 있었죠. 왜 그런 식으로 기억에 차이가 생기는 건지 좀 궁금해요. 얘기를 나눠 보지 않았다면 저도 아마 모르고 그냥 지나쳤을 테니까요. **《결투》, 214~215쪽**

분리체는 곧 타자이며, 분열은 증상이다. 상징적 동일시 상태에서 인간은 '결여'를 느끼지 못하지만 시스템을 의심하기 시작하는 순간, 질문을 던지는 순간, 분열과 분리를 경험하게 된다. '억압된 것의 귀환', 즉 분열이라는 증상은 주체성의 균열을 만들어 내며, 내 안의 결핍을 드러내려 한다. 본체와 분리체의 관계가 본캐와 부캐와 구별될 수 있는 지점은 분리체가 만들어 내는 균열과 차이의 생성이다. 분리체는 계속해서 우리로 하여금 견고한 시스템에 대해 의심하게 한다. 부캐가 사회적 상호작용, 상징계의 굴레 안에서의 적극적인 자리바꿈을 의미한다면, 분리체는 자기 안의 타자의 목소리에 귀 기울이게 함으로써 상징계에 균열을 가하는 새로운 주체들의 생성을 의미한다. 우리 안의 주체성은 다양하지만 그 우위를 결정하고 거세하는 거대주체의 폭력성에 대한 저항인 것이다.

다양한 정보와 자극들이 넘쳐흐르는 초연결 세계에서 우리의 감각적 욕구는 원하든 원치 않든 항상적으로 충족되는 상태에 놓이게 된다. 페이스북에는 '싫어요'가 없으며, 소셜네트워크에는 '좋아요'와 같은 긍정성만 강조된다. 현대인들이 가상세계에 매력을 느끼는 가장 큰 이유는 오프라인 삶에 끈질기게 따라붙는 대립과 동상이몽이 온라인에는 없기 때문이다.[25] 그러므로 초연결시대, 인간의 증상은 언제나 지속되어야만 한다. 매끄러운 세계, 결여 없는 세계에서 인간의 개별성을 상실한 채 기계화되지 않도록 우리는 끊임없이 상징계와 주체성에 균열을 일으켜야 한다. 더불어 타자에게로 영향력을 확장할 수 있어야 한다.

"저 아이와 친구가 되어 주세요. 누군가가 필요해요."《결투》, 201쪽)

"다시 부탁드릴게요. 친구가 되어 주세요. … 친구가 되어 주지 않으면 저 아이는 계속 분열할 거예요."《결투》, 206쪽)

주인공 '나'는 본체와 분리체의 잔인한 결투를 지켜보고, 경기장의 핏자국을 닦아 내는 결투 진행요원이다. 어떤 사람들은 나를 "백정의 자식놈"(202쪽)이라 부르며 나에게 모욕감을 주려 하지만, 나는 조금도 동요하지 않는다. 이 직업을 좋아하진 않지만 "누군가는 이 일을 하게 되어 있고, 내가 하지 않으면 다른 사람이 하게 되기 때문"(203쪽)이다. 나는 "분열하지 않는 종류의 사람"(204쪽)으로,

---

25 오프라인과 달리 온라인 세상에서는 만남의 무한한 증식을 상상할 수 있으며, 그것이 그럴싸한 목표이자 실행 가능한 목표가 된다. 온라인 세상은 이 무한한 접촉을 실현하기 위해 접촉 시간을 줄이고 유대를 약화하는데, 이는 접촉 횟수를 엄격히 제한하고 그 하나하나를 넓고 깊게 확장하는 방식으로 끊임없이 유대를 강화하기 마련인 오프라인 세계와는 정반대다. 자신이 잘못된 걸음을 내디뎠을까 봐, 그로 인한 손실을 막기엔 너무 늦었을까 봐 전전긍긍하는 성격의 사람들에게 온라인은 더없이 유리한 장소다. 지그문트 바우만, 《고독을 잃어버린 시간》, 29쪽.

자신을 둘러싼 세계에 대한 의심 없이 마치 '기계처럼' 주어진 삶을 감당하며 살아간다. 그러나 결투장에 들어선 최은효의 분리체, 낯선 타자의 '친구'가 되어 달라는 반복되는 요청에 주체성의 균열이 일어나기 시작한다. 나는 지금껏 개인의 영역을 침범하지 않는 삶, 타자에게 영향을 미치지 않는 것이 타자에 대한 '존중'이라 여기며 살아왔다. 주체의 빈 공간을 타자에게 내어주어서도, 침범해서도 안 되는 '자기동일성'에 고착되어 왔던 것이다. 분리체의 요청으로 최은효의 본체를 만나게 된 나는 그동안 '친구를 사귀어 본 적이 없다는 것'과 '타인과 깊이 있는 대화를 해 본 적이 없다'는 것을 깨닫는다. 최은효와의 만남을 통해 "영향을 미친다는 말의 의미"(217쪽)와 "타자의 안부"(220쪽)가 궁금해진 나, 주체성에 균열이 발생함으로써 빈 공간이 만들어지기 시작한 나는 결국 그녀에게 먼저 전화를 걸어 함께 공연을 볼 것을 제안한다.

공연은 달콤했고, 황홀했다. 나는 넓은 공연장에서 듣는 음악은 좁은 방에서 듣는 것과는 정말로 전혀 달랐다고 말했다. 그녀는 사람들 하나하나의 숨소리와 몸의 움직임이 저마다 다른 음색을 지닌 악기처럼 느껴졌다고 했다. 우리는 이 도시를 채운 작은 공간들의 따스함과 큰 공간들의 활기, 새로운 것들의 눈부심과 사라지는 것들의 애틋함에 대해 이야기했다. 맛있는 음식들에 대해 이야기했다. 작고 보드랍고 위안이 되는 것들에 대해 이야기했다.

《결투》, 222쪽

최은효와 함께한 음악 공연은 이 세계를 낯설게 감각하도록 한다. 낮에는 살인이 벌어지는 치열한 결투장이 밤에는 위안을 주는 공연장으로 변모하는 세계의 아이러니가, 똑같은 공간에서 펼쳐지는 몹시 다른 풍경이, "너무 아름다워서 갑작스레 세상의 모든 것이 슬퍼지도록"(223쪽) 나의 감각을 재편시킨다.[26] 나는 비로소 매끄러운 세계의 모순을 알아차리게 되고, 타자와 소통하는 감동과 즐거움을 통해 기계로서가 아닌 인간다움을 경험한다. 분리체의 '친구가 되어 달라'는 요청은 본인 스스로의 주체성에 균열을 가하는 동시에 타자에게도 영향력을 행사하며 변화의 기회를 만들어 준 것이다. 그 결과 나의 몸에도 분리선이 생기기 시작하고, 나 또한 "누군가가 필요함"(225쪽)을 고백한다. 나 역시 분열을 통해 다른 주체를 호명함으로써 타자성을 확장해 나갈 것임을 짐작할 수 있다.

초연결사회는 다양한 연결을 통해 무수히 많은 관계들이 생성되고, 새로운 욕망들이 생산된다. 끊임없이 생산되는 자극들을 소

---

26 사유는 언제나 이미 있었던 주제들의 재현이며, 수월한 재인식이 될 뿐이다. 이에 대하여 들뢰즈가 제시하는 것은 능력의 '비자발적' 사용이다. 그것은 내가 사유하고 싶은 것을 사유하기 위하여 능력들을 자발적으로 동원하고 일치시키는 것이 아니라, 감각의 강요에 의하여 사유를 시작하게 되고, 능력들을 비자발적으로 동원하는, 수용적이고 수동적인 사유가 된다. 이때 능력의 수용성과 수동성은 능동성의 결핍으로 정의되는 것이 아니라, 오히려 능동성의 기능 조건으로서 이해된다. 이러한 사유는 사유거리를 미리 알 수도 없고, 사유 결과를 미리 알 수도 없다. 우리는 오로지 우연적인 만남으로부터 유발되는 고통과 즐거움으로부터 질문을 던질 수밖에 없으며, 한 번도 주어진 적이 없는 그 의미를 찾기 위하여 감각적 고통/즐거움으로부터 유발된 비자발적 능력이 활성화되기를 바랄 수밖에 없다. 신지영, 《내재성이란 무엇인가》, 그린비, 2009, 39쪽.

비하기 위해서는 멀티태스킹이 가능한 다양한 내가 필요한 것 또한 사실이다. 이러한 욕망들이 오늘날의 '부캐'와 'N잡러'를 탄생시킨 배경이 될 것이다. 그런데 중요한 것은 복수 정체성에 대한 욕망은 초연결사회가 만들어 낸 환영이자, 차고 넘치는 매끈한 세계 속에서 주체의 소멸로 이어지리라는 것에 대한 깨달음이다. 반면, 결여가 도입된 세계에서 내가 주체일 수 있는 이유는 나를 끊임없이 재구성하는 동시에 세계를 움직이면서 변화의 가능성을 만들어 낼 수 있기 때문이다. 따라서 우리는 초연결사회가 만들어 낸 욕망들을 전유하는 분인 되기가 아닌, 새로운 자리들을 창조해 내고 타자성을 확장시키는 '분인-되기'를 통해 초연결시대, 복수 정체성으로서 새로운 인간의 역할을 실천해 나가야 할 것이다.

세계를 재편하는 문학적 상상력의 힘

첫 번째 장에서는 윤이형의 세 편의 소설을 중심으로 초연결시대의 '복수 정체성'에 대한 욕망과 자본주의의 함정, 분인 되기의 방식과 나아갈 방향성 등에 대해 살펴보았다. 그 결과 〈굿바이〉에서는 탈육체화를 통해 탈현실을 꿈꾸는 인간들의 욕망과 거대주체의 함정으로 인한 욕망의 실패 과정, 그럼에도 자본주의가 구성한 타자적 욕망에 휩쓸리지 않고 더 나은 세계를 실천하고자 하는 가능성으로서 주체의 모습을 확인할 수 있었다.

〈쿤의 여행〉에서는 '나'의 몸에 달라붙은 '쿤'과의 분리와 자아 찾기의 과정을 통해 상징계적 기표들을 떼어 내는 삶, 주체의 빈 공간을 새로운 것들로 채우고 비움을 반복함으로써 고정된 주체성을 버리고 늘 변화하는 주체로 거듭나는 '이상적 분인'의 모습에 대하여 상상해 보았다.

마지막으로 〈결투〉에서는 '분리체'로 대표되는 자신의 증상에 귀 기울임으로써 거대주체의 시스템에 의문을 가지는 한편, 타자를 호명하며 새로운 관계 속에 들어감으로써 나와 타자의 동시적인 변화를 꾀하는 윤리적 주체의 모습을 살펴보았다. 나아가 우리는 초연결사회가 만들어 낸 욕망들을 소비하는 것이 아닌, 타자성의 확장과 끊임없는 자기생성을 통해 결여 없는 세계에 균열을 가하는 '분인-되기'로 나아가야 함을 피력하였다.

앞서 언급했듯, 인간과 사물의 연결 포인트가 급증하고 시간과 공간의 제약이 극복되는 초연결사회에서, 멀티태스킹이 가능한 복수 정체성으로서 '부캐'의 유행과 분인에 대한 욕망은 필연적인 현상일 것이다. 그러나 중요한 것은 복수 정체성에 대한 욕망이 자신의 고유한 욕망인지, 자본주의가 만들어 낸 환상인지를 직시하고 깨닫는 것이다.[27] 남들보다 한 발 앞서고자 하는 충동, 타인들에게 주목받는 삶, 고수익 창출에 대한 욕망 등 스펙터클의 환

---

[27] 우리는 일상적으로 자아의 동일성과 일관성을 굳게 믿고 그 자아가 애써 정립한 장단기 목표를 향해 스스로를 채근한다. 자아, 목표, 현재로부터 목표까지의 과정과 변화, 들뢰즈는 이 모든 것들이 허구이자 단순한 효과일 뿐이라고 본다. 그가 말하는 '내재성'이라는 환경에서의 존재는 이질성과 '내적 다수성'이기 때문에, 우리는 언제나 새로움에 직면하고 우발적인 사건에 조우한다. 신지영, 《내재성이란 무엇인가》, 81쪽.

영에 휩쓸려 거대주체의 욕망에 함몰되어서는 안 되며, 사회적으로 평준화되려는 경향과 개별적으로 독특해지려는 경향 사이에서 자신의 개별성을 상실하지 말아야 한다. 즉, 우리는 초연결이 만들어 낸 기존의 자리들에 자신을 여러 개로 쪼개어 들어가는 방식이 아닌, 없는 자리들을 새로이 창조해 나가는 생산적인 '분인-되기'를 지향해야 하는 것이다.

이는 인간강화, 자기강화의 '트랜스휴먼'과도 변별된다. 초연결의 강한 연결들을 통해 멀티태스킹이 가능한 만능인간, 기계인간으로 거듭나는 것이 아니라, 초연결시대의 분인-되기는 끊임없이 결여를 통해 주체적인 관계, 인간적인 의미들을 만들어 내는 것이어야 한다. 더불어 주변적이고 이질적인 존재로 변화함으로써 다수-지배자의 시선에 안주하거나 그것들이 제공하는 감각적 쾌락에 매몰되지 않는 대신, 유동적이고 창의적인 사고와 행동을 통해 새로운 존재로 거듭나야 한다.

다음은 서론에서 언급했던 이신주의 〈한 번 태어나는 사람들〉의 일부이다.

다인격적 특성을 갖춘 우리는 좋든 싫든 하나의 현상을 동일하지 아니한, 여러 갈래의 개별 인격을 통한 시각으로 바라볼 수밖에 없습니다.[28]

28 이신주, 〈한 번 태어나는 사람들〉, 《제3회 한국과학문학상 수상작품집》, 허블, 2019, 44쪽.

해리성 정체감 장애와 단일성 정체감 장애가 '역전'된 문학적 상상력의 세계, 초연결시대의 문학이 꿈꾸는 '다인격 인간' 또한 우리 안의 자기동일성과 일관성을 끊임없이 허물어뜨리고, 소수자의 관점에서 다양하게 세계를 재편하는, 이 시대가 호명하는 새로운 가능성으로서의 복수 정체성(분인-되기)의 출현일 것이다.

참고문헌

윤이형, 〈결투〉, 《큰 늑대 파랑》, 창비, 2011.

_____, 〈굿바이〉, 《러브 레플리카》, 문학동네, 2016,

_____, 〈쿤의 여행〉, 《러브 레플리카》, 문학동네, 2016.

마정미, 《포스트휴먼과 탈근대적 주체》, 커뮤니케이션북스, 2014.

이신주, 〈한 번 태어나는 사람들〉, 《제3회 한국과학문학상 수상작품집》, 허블, 2019.

이유선, 《리처드로티, 우연성 · 아이러니 · 연대성》, 커뮤니케이션북스, 2016.

이정우, 《주체란 무엇인가》, 그린비, 2009.

신지영, 《내재성이란 무엇인가》, 그린비, 2009.

마셜 맥클루언, 《미디어의 이해》, 김상호 옮김, 커뮤니케이션북스, 2003.

아즈마 히로키, 《약한연결》, 안천 옮김, 북노마드, 2016.

지그문트 바우만, 《고독을 잃어버린 시간》, 오윤성 옮김, 동녘, 2012.

지그문트 바우만 외, 《액체세대》, 김혜경 옮김, 이유출판, 2020.

토미 마이어스, 《누가 슬라보예 지젝을 미워하는가》, 박정수 옮김, 앨피, 2005.

키스 안셀-피어슨, 《바이로이드적 생명》, 최승현 옮김, 그린비, 2019.

히라노 게이치로, 《나란 무엇인가》, 이영미 옮김, 21세기북스, 2015.

https://news.sbs.co.kr/news/endPage.do?news_id=N1006120756

초연결시대 공간의 의미와
문학 공간의 치유성

이 글은 2021년 10월 《인문사회21》 제12권 5호에 실린 원고를 수정하여 재수록한 것이다.

초연결시대의 공간과 2000년대 소설의 공간의식

'공간은 사회적 생산물이다'라는 프랑스 사회학자 르페브르Henri Lefebvre의 말처럼, '공간'이라는 개념은 정신적인 것과 문화적인 것, 사회적인 것, 역사적인 것을 연결한다. 발견 · 생산 · 창조로 이어지는 공간의 재구성은 진화의 과정이자 유전의 과정이며,[1] 사회적 공간은 개인적이고 개별적인 단위, 상대적인 고정성과 움직임, 흐름과 파동 등의 다양한 요소가 서로 침투하거나 서로 충돌하는 과정에서 서서히 그 윤곽을 드러낸다.[2] 처음에는 별 특징이 없던 공간은 사회적 이데올로기와 경제적 가치, 인간의 욕망 등이 투영되면서 의미 있는 공간 또는 구체적인 장소로 재탄생하며, 인간의 존재 방식에도 큰 영향을 미친다. 세계적인 인문지리학자 이-푸 투안Yi-Fu Tuan은 공간을 '움직임'과 '개방성' · '자유' 등을 의미하는 곳으로 상정하지만, 공간의 이면에는 모호함과 모순 · 투쟁의 영역이 숨겨져 있으며,[3] 현대 자본주의사회에서 인간과 공간의 관계는 더 다양한 형태로 왜곡되고 굴절됨으로써 새로운 의미들을 생산해 낸다.

초연결시대의 도래로 인해 가상공간, 사이버 공간이 현대인들의 일상을 차지하는 비율이 크게 증가하고 있다. 현대인들은 실재적으로 활동할 수 있는 물리적 공간보다 스크린 안의 가상공간에

---

1 앙리 르페브르, 《공간의 생산》, 양영란 옮김, 에코리브르, 2019, 29쪽, 71쪽.
2 앙리 르페브르, 《공간의 생산》, 155쪽.
3 데이비드 하비, 《포스트모더니티의 조건》, 구동회 외 옮김, 한울, 1994, 244쪽.

서 많은 시간을 소비하며, 네트워크를 기반으로 타인과 관계 맺고, 즉각적이고 활발한 소통을 통해 다양한 사회 문화적 현상들을 생성해 낸다. 접근성과 이동성이 뛰어난 디지털 공간은 시간과 거리의 제약을 극복하고, 동시에 수많은 공간들을 생성함으로써 공간에 대한 기존의 개념을 무화시킨다. 가상공간으로의 접속으로 이곳과 저곳의 구분은 더 이상 아무 의미가 없게 되었고, 물질적 공간과 비물질적 공간, 현실 공간과 가상공간, 사적 공간과 공적 공간의 구분은 손쉽게 허물어지고 있다.

초연결시대의 공간은 무한한 자유와 가능성을 시사하지만, 더 많은 정보를 얻고 더 많은 사람들과 관계 맺기 위한 강한 연결 속에서 인간은 더욱더 고립되고 외로워진다. 쉽게 생성되고 쉽게 사라져 버리는 가상의 공간 속에서 현대인들은 '보여지는 나'에 집착하며 자신으로부터 소외감을 경험하기도 한다. 자유롭지만 감시받는 공간, 모든 것들을 동시에 감시할 수 있는 '판-진옵티콘Pan-Synopticon'의 세계[4] 속에서 현대인들은 잊힐 권리를 주장하며 피로감을 호소하기도 하고, 고도화된 기술과 방식을 통해 인간을 통제하고 조종하는 알고리즘에 몸을 맡긴 채 개인의 주체성을 조금씩 상실해 간다.

이처럼 무한한 자유와 가능성으로 비쳐지는 초연결시대의 공간에는 보이지 않는 함정들이 숨어 있고, 쉽게 생성되고 사라지는

....

[4] 네트워크와 통신기술, 미디어의 발달은 판옵티콘이 아닌, '진옵티콘synopticon'의 사회를 형성하였다. '판'이 모든, 모두all를 의미한다면, 'Syn'은 동시성을 의미한다. 이러한 판-진옵티콘의 세계에서 권력을 가진 자들은 원격 감시를 한다. 심혜련, 《20세기의 매체철학》, 그린비, 2012, 267~268쪽.

초연결의 공간 속에서 개인의 정체성을 발견하고 개인의 존재감을 유지하기란 쉽지 않다. 그렇다면 문학 공간은 어떨까? 두 번째 장에서는 초연결시대의 공간과 대비되는 창조적 공간이자 치유적 공간으로서 '문학 공간'에 주목하고자 한다.

문학 담론 안에서도 '공간'에 관한 연구는 꾸준히 이루어지고 있다. 특히, 1970년대 이후 산업화 문제와 더불어 '아파트'라는 공간을 중심으로 한 문학 연구가 활발히 전개되었다. 1970년대 아파트는 '중산층'의 상징이자, 부와 권력의 상징이었다. 농촌의 젊은 계층들이 산업화 바람에 휩쓸려 도시로 몰리면서 거주할 수 있는 공간이 부족하게 되었고, 기하급수적으로 불어난 도시의 인구를 수용하기 위해 공간을 높이 쌓아 올리는 방식의 아파트가 건설되기 시작하였다. '생존의 조건'을 의미하던 아파트라는 공간은 '도시의 상징'이라는 기표를 덧입음으로써 '부와 권력의 상징'으로 자리바꿈한다. 아파트의 등장은 '넓은 공간'을 소유하는 것에서 좀 더 '높은 공간'을 소유하는 것으로 인간의 욕망을 재편한다. 이처럼 아파트는 새로운 '구별짓기'의 공간으로 자리매김하였고, 사회적 규율과 명령, 억압과 강제, 타인 등이 개입할 수 없는 공간이자 외부 세계와 차단됨으로써 사적 자유와 휴식이 보장되는 안전한 공간으로 치환된다. 그러나 '사적'인 의미[5]가 강조되는 아파트는 다른 공간들에 비해 훨씬 더 배타적인 성격을 지닌다. 마당이 존재하지 않는 폐쇄적인 구조와 빽빽하게 들어찬 직사각의 공

---

5 도시성 개념과 밀접히 결부된 것이 공공성 개념이다. 도시적 공간은 언제나 공적 공간이

간은 소통의 단절을 야기하였고, 당대 문학의 자장 안에서 공포와 불안 · 소외의 공간으로, 그리고 1990년대에 이르러서는 여성주의 담론과 결합하여 억압과 폭력 · 신경증 등의 병리적 공간[6]으로 주목받아 왔다.

이러한 문학적 흐름은 2000년대에 이르러 새로운 공간들에 주목한다. 김애란, 박민규 등의 소설에 자주 등장하는 '고시원', '옥탑방', '반지하 셋방', '쪽방', '편의점' 등의 척박한 도시 공간이다. 아파트와 달리 고시원과 옥탑방 등의 공간은 온전한 소유지가 되지 못하고, 일시적으로 거쳐 가는 공간으로서 사람들에게 안정감을 제공하지 못한다. 때문에 위의 공간들은 자본주의사회, 도시의 변두리를 전전하며 주류에서 밀려난 하층민의 삶을 대변하며, 특히 IMF 이후 취업이 힘들어진 청년 세대의 불안과 두려움, 고립과 외로움 등을 상징한다. 도시 공간의 임무는 도시의 강점을 강조하여 가시화시키고, 부정적인 도시 이미지는 보이지 않게 감추는 것이다. 때문에 도시 공간은 '잉여인간'들을 도시를 대표하는 공간에서 주변부로 몰아내려 하며, 그 결과 도시에는 갈수록 자기

기도 하다. 공공성에 대한 반대 개념으로서 친밀성 개념이 사용된다. 공적/사적이라는 구분은 도시를 특징짓는 전형적인 구분법에 속한다. 이런 구분에서는 고대부터 '사적'이란 가정경제의 영역을 의미하고, '공적'이란 '정치성의 공간'을 의미한다. 마르쿠스 슈뢰르, 《공간, 장소, 경계》, 정인모 외 옮김, 에코리브르, 2018, 261쪽 재인용.

6 이와 관련해 손종업의 연구(〈우리 소설 속에 나타난 아파트 공간의 계보학〉, 《어문론집》 제47집, 중앙어문학회, 2011, 243~264쪽)는 주목할 만하다. 그는 전경린의 〈염소를 모는 여자〉, 은희경의 〈아내의 상자〉, 한강의 〈내 여자의 열매〉, 하성란의 〈옆집 여자〉 등 1990년대 여성소설들을 분석함으로써, 아파트를 관음증 · 신경증 · 도착증 등 병리성을 드러내는 공간으로 보았다.

스스로에게 내맡겨진 개별 지구들이 생겨난다.[7] 이렇듯 현대사회의 공간과 장소는 두 가지 방식으로 인간을 추방한다. 먼저, 원해서가 아니라 어쩔 수 없이 더 나은 환경과 삶의 조건들을 찾아서 기존 장소를 떠나는 경우이다. 두 번째는 인간은 원래의 장소에 있지만 장소 자체가 물리적, 심리적으로 변형되거나 훼손된 경우이다. 두 경우 모두 장소와의 긴밀한 연대감은 상실되고, 장소정체성을 형성할 힘은 박탈되고 만다.[8] 때문에 2000년대 이후의 소설들은 소속감과 안정감을 제공하지 못하고 잠시 거쳐 가는 곳으로서의 도시 공간에 주목함으로써, 청년 세대의 삶의 고단함과 외로움을 그려 내는 동시에 이들을 삶의 변두리로 내몬 후기자본주의 사회의 모순과 폐해를 비판적인 시선으로 그려 낸다.

그러나 박민규의 소설은 결이 조금 다르다. 그의 소설 또한 '고시원 · 옥탑방 · 원룸 · 편의점' 등의 공간을 중심으로 서사를 전개해 나가지만, 그가 공간을 그려 내는 방식은 '자본'을 중심으로 획일화되고 점차 축소되는 억압의 공간이 아니라, 다양한 가능성을 함축하고 있는 치유적 공간이자, 새로이 생성되는 공간이며, 확장하는 공간이다. 인간이 경험하는 모든 공간에는 장소정체성이 형성되어 있다. 장소정체성[9]은 다른 공간과 차별성을 지닌, 우리의

---

7 마르쿠스 슈뢰르, 《공간, 장소, 경계》, 269쪽.

8 신성환, 〈편혜영 소설에 나타난 장소상실과 그 의미〉, 《어문론총》 제55호, 한국문학언어학회, 2011, 356쪽.

9 장소정체성을 구성하는 세 가지 요소는 공간이 지니는 물리적 특징 및 외관, 관찰 가능한 인간 활동과 기능, 공간에 투영되는 의미와 상징이다. 모든 개인이 의식적으로든 무의식적으로든 특정 장소에 정체성을 부여할 수 있지만, 이러한 정체성은 상호 주관적으로 결

장소 경험 속에서 드러나는 방식이자 하나의 독립된 실체로 인식되는 공간의식이다. 그러나 박민규의 소설 속 공간空間은 기존에 고정되어 있는 장소정체성에서 벗어나 엉뚱하고도 기발한 형태로 변주한다. 박민규의 소설 속 공간은 장소정체성이라는 이름으로 고정될 수 없는, 다양한 요소와 형태들로 채워지고 다시 비워지기를 반복하며 새로운 의미들을 창조해 나가는 생성의 공간이다. 따라서 본 장에서는 박민규 소설에 나타난 공간의 의미와 그 특징에 주목하고자 한다.

'무규칙 이종 소설가' 박민규는 장르적 전통을 해체시키는 독특한 서사 기법과 환상 기법 등을 통해 소비자본주의 사회의 문제와 모순들을 냉소와 해학, 풍자적 시선으로 그려 낸다. 그는 '키치적 상상력, 권위나 교육, 만화 같은 현실 등 기존 질서에 대한 반항과 숨통을 조이는 경제적 현실을 뒤섞어 독특한 인물들을 창조해 내는 데 성공[10]'한 작가이며, '상상과 현실의 경계를 자유로이 넘나들며 현실의 무거움을 해학으로 녹여 냄으로써 문학성과 대중성을 모두 확보[11]'한 작가이다. 박민규의 소설은 포스트모던 문학의 탈장르화를 계승하고 있지만, 현대사회의 문제에 깊이 있게 천착

합되어 공통의 정체성을 형성한다. 우리가 느끼는 장소정체성의 고유성·강렬함·순수성을 좌우하는 것은 이러한 성격과 대상이 우리의 장소 경험 속에서 드러나는 방식이다. 에드워드 렐프, 《장소와 장소 상실》, 김덕현 외 옮김, 논형, 2021, 109~138쪽 참조.

10 안남연, 〈현대소설의 현실적 맥락과 새로운 상상력 – 박민규 소설을 중심으로〉, 《한국문예비평연구》, 한국현대문예비평학회, 2006, 164쪽.

11 서은경, 〈한국의 소비자본주의 시대 개막과 루저들의 탄생〉, 《돈암어문학》, 돈암어문학회, 2016, 125~126쪽.

하기보다는 문학적 상상력을 통해 풍자적으로 즐기고 향유하는 방식으로 비껴 나간다. 2000년대 젊은이들의 타락한 현실과 자본주의사회의 구조적 모순 등을 '웃기고도 슬픈 웃음'으로 승화시키며, 어떠한 해결책을 들이대는 것이 아니라 기발하고도 독특한 형태로 기존의 굴레를 탈주하는 방식을 택한다.

본 장에서는 박민규식 롤러코스터에 편승하여 박민규의 세 편의 소설 〈갑을고시원 체류기〉, 〈카스테라〉, 〈아침의 문〉[12]에 나타난 변화하는 공간성과 그 치유적 의미에 대해 탐색해 보고자 한다. 공간은 인간의 복잡한 감정과 반응을 불러일으키는 곳으로 공간에는 심리적 갈등, 우울감, 좌절감, 행복감, 안정감 등 다양한 심리적 에너지가 소비되고 투영된다. 그리고 이러한 공간의 정체성은 인간에게 개인으로서 그리고 공동체의 일원으로서 어떤 곳에 속해 있다는 느낌을 주는 동시에, 개인과 공동체의 정체성 형성에 중요한 원천을 제공한다. 그러므로 본 장에서는 '공간과 시간', '공간과 상상력', '공간과 인간'의 관계성에 주목함으로써 박민규 소설에 나타난 공간의 다양한 생성과 그 치유적 의미에 대하여 살펴볼 것이다.

---

12 단편소설 〈갑을고시원 체류기〉와 〈카스테라〉는 소설집 《카스테라》에 수록되어 있으며, 〈아침의 문〉은 제34회 이상문학상 작품집에 수록되어 있다. 박민규는 소설집 《카스테라》로 2005년 신동엽창작상을, 〈아침의 문〉으로 2010년 이상문학상 대상을 수상하였다.

공간과 시간
: 재구성된 기억의 힘과 토포필리아

박민규의 소설에서 주인공으로 자주 등장하는 인물들은 '전문대를 졸업하고, 영어회화도 중급 이상이며, 토익도 900점을 넘었지만 취업에 줄줄이 낙방하는 취업준비생(〈아, 하세요 펠리컨〉)', '낮에는 주유소에서 시간당 1,500원을, 밤에는 편의점에서 시간당 1천 원을 받으며 임시직을 전전하는 아르바이트생(〈그렇습니까? 기린입니다〉)', '왔다 갔다 차비 정도를 받고, 일은 거의 날밤을 새는 인턴사원(〈고마워, 과연 너구리야〉)' 등 "고장난 세계"(〈아, 하세요 펠리컨〉, 128쪽)에서 하루하루 불안한 삶을 살아가는 청년 세대이다. 이들이 유일하게 몸을 누이고 잠시라도 쉴 수 있는 공간은 온전한 집의 형태가 아닌 고시원 · 원룸 · 쪽방 · 옥탑방 등 좁고 척박한 도시 공간이며, 이들 공간에는 자본주의의 논리에 등 떠밀린 비루한 삶의 환경뿐만 아니라 청년 세대의 고뇌와 불안, 외로움과 두려움 등의 심리적 요소들이 투영되어 있다. 이러한 공간적 특성이 효과적으로 반영된 소설은 박민규의 〈갑을고시원 체류기〉[13]이다.

화자인 '나'는 아버지의 사업 부도로 가족들과 뿔뿔이 흩어진 후, 친구 집을 전전하며 기숙寄宿하는 대학생이다. '나'는 친구 엄마의 눈치를 이기지 못해 결국 '고시원'행을 선택하고, "방房이라

---

13 박민규, 〈갑을고시원 체류기〉, 《카스테라》, 문학동네, 2005, 273~304쪽. 이후부터는 작품명과 인용 페이지만 적는다.

고 하기보다는, 관棺이라고 불러야 할 사이즈의 공간"(280쪽)에서 점점 "조용한 인간"(285쪽)이 되어 간다. '나'에게 고시원이라는 밀실은 크게 소리를 낼 수 없는 억압의 공간이자, 동시에 성인의 과정으로 들어가는 입사의 공간이다.

　결국 나는 소리가 나지 않는 인간이 되었다. 어느 순간인가 저절로 그런 능력이 몸에 배게 된 것이다. 발뒤꿈치를 들고 걷는 게 생활화되었고, 코를 푸는 게 아니라 눌러서 조용히 짜는 습관이 생겼으며, 가스를 배출할 땐 옆으로 돌아누운 다음-손으로 둔부의 한쪽을 힘껏 잡아 당겨, 거의 소리를 내지 않는 기술을 터득하게 되었다. 《갑을고시원 체류기》, 285쪽)

　그 한 달이 가장 힘들고 외로웠던 시기였다, 계절이 봄이란 이유로 히터를 전혀 가동하지 않았으므로, 실제 방 안의 체감온도는 몹시도 추운 편이었다. 그리고 나는 늘 혼자였다. 그 좁고, 외롭고, 정숙하고, 정숙해야 하는 방 안에서 - 나는 웅크리고, 견디고, 참고, 침묵했고, 그러던 어느 날

　인간은 결국 혼자라는 사실과, 이 세상은 혼자만 사는 게 아니란 사실을 - 동시에, 뼈저리게 느끼게 되었다. 《갑을고시원 체류기》, 286쪽)

공간은 삶의 중심이 되기도 하지만, 인간의 실존을 지배하며 기존의 삶의 방식을 재편한다. '고시원'이라는 공간에 소속된 이후

로 나는 이곳의 규칙에 따라 '소리를 내지 않는 인간'이 되었고, "가능한 마주치지 않고, 서로를 피하는 것이 예절"(288쪽)이라는 이곳의 암묵적 규칙을 성실히 수행한다. 공간은 실재 사물, 타인과의 관계, 계속적인 활동들 속에서 직접 경험되는 하나의 현상으로, 인간의 실존에 중요한 영향을 미친다. 고시원의 '밀실'은 이곳의 거주자들로 하여금 '궁핍'이라는 경제적 현실 이외에, 부끄러움과 수치심·열등감 등의 심리적 기표들을 덧씌운다. 중요한 것은 이러한 의미들이 같은 공간 안, 서로 간의 관계 속에서 자의적으로 생성되고 유지된다는 것이다. '억압'과 '인내'로 점철된 '고시원'이라는 입사의 공간은, 갓 스물을 넘긴 대학생에게는 너무나도 가혹한 현실 공간으로, 침묵과 눈치를 강요함으로써 개인의 자유와 목소리가 은폐된 공간이다. 잠자는 것 이외엔 아무것도 할 수 없는 유폐된 '밀실'에서 나는 "서운함이나 서러움이 아닌 외로움"(281쪽)을 느끼며, "정숙의 스트레스"(292쪽)를 묵묵히 참고 견딘다.

나는 그 고시원의 작은 밀실을 떠올리고는 한다. 그러니까 어제처럼, 〈몸에서 사람의 귀가 자라는 쥐〉의 뉴스라도 보면서 말이다. 이제 그것은 먼 옛날의 일이고, 나는 비교적 긍정적인 마음으로 그 특이한 이름의 고시원을 추억할 수 있게 되었다. 마치 쥐의 몸에서 자라난 사람의 귀를 이해하듯. 엉뚱하게도, 말이다. 결국 시간은 우리의 편이다. 《갑을고시원 체류기》, 302쪽)

그러나 소설 속 '고시원'은 10년의 시간이 흐른 뒤, 억압과 고통의 공간이 아닌 '치유'의 공간으로 재규정된다. 이때 주목할 것은 '공간과 시간'의 관계성이다. 〈갑을고시원 체류기〉는 현재의 내가 10년 전의 고시원 생활을 회상하는 방식으로 서술된다. 10년 후, 취업을 하고 가정을 꾸린 나는 아이러니하게도 '고시원'이라는 공간을 그리워한다. 억압과 인내, 외로움의 공간이 그리움과 추억, 나아가 성장의 공간으로 변화할 수 있는 이유는 그 사이에 10년이라는 '시간성'이 개입해 있기 때문이다. 과거의 공간이 불러일으키는 것은 구체적이고 정확한 사건의 맥락이 아닌, 기억으로 재구성된 삶의 경험이다. 개인적이고 강렬한 공간에서의 경험은 공간의 분위기와 공간의 이미지, 감각 등의 조각 난 파편들로 기억되며, 여기에 지금까지 축적된 개인의 경험과 현재의 욕망들이 덧씌워지고, 또 일정 부분 왜곡됨으로써 사후적으로 재구성된다. 공간은 비이동성 · 정체 · 반동성 · 정지와 고정 · 견고함을 의미하는 반면, 시간은 이동성 · 역동성 · 진보성 · 변화 · 변동과 역사를 나타낸다.[14] 10년이라는 시간성의 개입은 정체되고 답답한 공간성에 활기와 움직임을 불어넣음으로써 살아 있는 공간을 재생시키며, 강렬한 장소애(토포필리아^{topophilia})를 불러일으킨다.

장소애는 '개인적이고 심오하게 의미 있는 장소와의 만남[15]'이다. 시각, 촉각, 운동감각 등 다양한 형태의 감각과 경험들로 생성

---

14 시간은 혁신, 진보, 문명, 과학, 정치와 이성, 비중 있는 엄숙한 사물들, 그리고 대문자와 손잡는 반면 공간은 정체, 단순 재생산, 노스탤지어, 감정, 미학, 신체 등을 내포한다. 마르쿠스 슈뢰르, 《공간, 장소, 경계》, 21쪽.

15 에드워드 렐프, 《장소와 장소 상실》, 93쪽.

초연결시대 공간의 의미와 문학 공간의 치유성 |

된 공간 개념은 인간과의 정서적 유대감을 형성함으로써 특별한 장소애를 경험하게 한다.[16] 화자인 내가 고시원을 떠올린 이유는 우연히 접한 뉴스 기사 때문이지만, 억압과 고통의 공간이 엉뚱하게도 '긍정적'으로 기억될 수 있는 까닭은 10년이라는 시간의 개입 속에서 고통스러운 현실이 과거의 '기억'으로 재구성되기 때문이다. 10년이 지난 지금, 나는 밀실을 벗어나 자유가 보장되는 나만의 공간, 임대아파트를 장만하였다. "비록 작고 초라한 곳이지만 입주를 하던 날 울기까지"(302쪽) 했다는 화자의 고백은 그동안 화자가 '자신만의 공간'을 가지기 위해 얼마나 고군분투했는지를 짐작하게 하며, 지난 10년이라는 시간이 함축하고 있는 삶의 고단함과 힘겨움을 상징적으로 보여 준다. 그럼에도 "그 특이한 고시원이 아직도 그곳에 있었으면 좋겠다"(303쪽)라고 생각하는 이유는 현재의 시점에서, 그곳이 나에게 위안이 되고 안정감을 제공하는 치유의 공간이자 '토포필리아'이기 때문이다. 토포필리아는 시간적으로나 공간적으로 그 대상과 멀리 떨어져 있을 때 기억 또는 회상을 매개로 재현된다.[17] 때문에 토포필리아를 재현하고자 할 때는 대체로 공간·장소·풍경과 결부된 추억의 현장으로 거슬러

---

16 장소를 공동체의 한 사람으로 경험하든, 아니면 개인적으로 경험하든 간에 거기에는 긴밀한 애착, 즉 친밀감이 생긴다. 친밀감은 특정 장소에서 이곳을 알게 되고 알려지게 되는 과정의 일부이다. 우리가 장소에 내린 뿌리는 바로 이 애착에 의해 구성된 것이며, 애착이 포괄하고 있는 친밀감은 단지 장소에 대해 세부적인 것까지 알고 있는 것만이 아닌, 그 장소에 대한 깊은 배려와 관심이다. 장소에 애착을 갖게 되고 그 장소와 깊은 유대를 가지는 것은 인간의 중요한 욕구이다. 에드워드 렐프, 《장소와 장소 상실》, 93~94쪽 참조.

17 이-푸 투안, 《공간과 장소》, 구동희 외 옮김, 대윤, 1999, 245쪽.

올라가는 회상의 서술 기법이 동원되는데, 이러한 서술 기법은 더 풍성하고 왜곡된 공간의 기억과 이미지들을 구현해 내는 데 성공한다.

별일 아닌 듯해도 여러 가지 일들이 있었던 1991년의 봄이었다. 돌이켜 보면 왜 그렇게 화창한 봄이었을까. **《갑을고시원 체류기》, 282쪽**

기포와 같은 것이

방 속을 두둥 떠다니는 것을 본 듯한 기분도 들었다. 그것은 무엇이었을까. 어쩔 수 없이 온전한 열대어처럼 항문을 빠져나와야 했던 억눌린 가스의 덩어리였을까. 아니면 가구로 변해 버린 육신을 잠시나마 이탈해 있던 나의 지치고 고단한 영혼이었을까.

《갑을고시원 체류기》, 293쪽

'공간의 깊이에 가치를 더하는 것은 시간'[18]이라는 이-푸 투안의 언급처럼, 10년 후의 시점에서 기억을 더듬어 서술되는 고시원은 '나'로 하여금 당시의 숨 막히는 공간에서 인지·감각할 수 없었던 새로운 것들을 생생히 떠올리며 재체험하게 한다. 1991년 당시에 '고시원'이란 탈출해야만 하는 '관'이었다. 때문에 마음껏 방귀 뀔 수 있는 임대아파트를 마련했을 때 '나'는 기쁨의 눈물을

18　이-푸 투안, 《공간과 장소》, 윤영호 외 옮김, 사이, 2020, 345쪽.

흘렸다. 이러한 태도는 집의 크기에 비례하여 자기 삶의 가치 또는 행복도 커진다는 믿음에 토대한 것이라 할 수 있다. 따라서 이러한 논리 하에서는 장소에 대한 사랑(토포필리아)은 지속될 수 없을 뿐 아니라 장소들 간에 위계를 만들게 된다. 하지만 임대아파트 입주 시점으로부터 일정 시간이 흘러 불현듯 과거의 기억이 소환될 때, 비교적 '긍정적인' 마음으로 갑을고시원 체류 시절을 추억하는 현재의 나에게서는 위계 없는 토포필리아라는 공간의식을 발견할 수 있다. 다시 말해 과거로부터 10년의 시간 차를 둔 지금 시점에서 과거를 '회상'하는 나의 발화는 공간의 차이, 그로부터 비롯하는 존재 방식의 차이, 삶의 차이를 무화시킨다. 비교적 담담한 어조로 먹고, 자고, 일하고, 사랑하고, 무언가를 부끄러워하고, 부러워하는 '고시원 사람들의 삶'이란 지금의 나의 삶, 그리고 함께 이 세계를 살아가고 있는 이들의 삶과 별반 다를 게 없는 삶이라고 말하고 있는 것이다. '나'가 "어쨌거나 그 특이한 이름의 고시원이 아직도 그곳에 있었으면 좋겠다. 이 거대한 밀실 속에서 혹시 실패를 겪거나 쓰러지더라도 또 아무리 가진 것이 없어도 그 모두가 돌아와 잠들 수 있도록. 그것이 비록 웅크린 채라 하더라도 말이다"(303~304쪽)라고 말할 수 있는 힘은 바로 이러한 공간의식에서 비롯한다. 따라서 주목할 점은 박민규 소설에서 나타나는 '차이의 무화'라는 독특한 특징은 공간에 시간이 개입함으로써 가능하며, 그 결과 개별 장소에 대한 무차별적 사랑, 즉 위계 없는 토포필리아가 가능해진다는 것이다. 불현듯 찾아온 갑을고시원 시절에 대한 긍정적인 회상의 시간은 '지금-이곳'의 나의 삶에 대한 긍정, 즉 임대아파트라는 또 다른 밀실에 대한 사랑을 가능케 한다.

이처럼 공간 안에 주어진 모든 현실은 시간 속에서의 생성으로 설명된다. 시간 속에서 진행되는 활동은 공간을 이끌어 내며 공간 속에서 실천적인 현실이 되고, 구체적인 존재감을 형성한다. 10년 전에 경험한 공간은 10년이라는 시간 속에서 알맞게 무르익어 성장의 공간이자, 치유의 공간으로 자리바꿈한다. 고시원이 비록 청년 세대의 불안과 외로움, 가난과 억압을 상징하는 고통의 공간이라 할지라도, 기억의 재편을 통해 정서적 애착이 스며 있는 '토포필리아'로 재규정된 그곳은 나에게 그리움과 안정감을 제공하는 동시에, 현재의 나를 긍정하는 데 있어 중요한 역할을 하는 것이다. 요컨대 박민규의 〈갑을고시원 체류기〉는 공간과 시간의 관계성을 통하여 변화하는 공간의 의미와, 위계 없는 토포필리아의 치유적 의미와 가치 등에 대하여 사유하게 한다.

공간과 상상력
: 공상의 즐거움과 생산적 주체의 탄생

앞서 살펴보았듯, 공간은 공간 내 보이지 않는 암묵적 규칙과 질서를 생산하고, 개인과 집단의 정체성 형성에도 중요한 영향을 미친다. 〈갑을고시원 체류기〉에서 '시간성'이 공간의 제약을 극복하고, 공간에 대한 기억을 재구성하는 데 긍정적인 영향을 미쳤다면, 박민규의 〈카스테라〉는 '상상력'을 통해 억압된 공간 내, 자발적 · 능동적 탈피를 꾀한다. 〈카스테라〉[19]의 주인공 '나' 또한 언덕 길 '원룸'에 홀로 기거하는 대학교 1학년 신입생이다. "불쾌할 정 도로 늘 외로웠던"(16쪽) 나는 '냉장고'와 친구가 된다. 냉장고의 굉 장한 소음 덕분에 나는 더 이상 외롭지 않을 수 있었기 때문이다. 사람의 역할을 사물이 대체하는 혹한의 세계, 원룸 밖의 현실은 더 차갑고 냉정하다. "그럭저럭 2학기가 시작되었으나 절대로 맘 이 개운할 리 없었던"(18쪽) 나는 바깥세계로 눈을 돌리는 대신 자 신의 고립된 공간 속 유일한 친구인 냉장고에게로 모든 리비도를 집중한다. 불만족스러운 현실은 삶을 외면하게 하고, 엉뚱한 곳으 로 삶의 에너지를 투영하게 만든다. 그러나 '냉장의 세계'는 한순 간에 나를 매혹시킨다. 나는 비로소 "20세기는 냉전의 시대가 아 닌 냉장의 시대"(21쪽)임을, "20세기 인류가 거둔 가장 큰 성과는 환 상적인 냉장술"(22쪽)임을 깨닫는다. 불안하고 냉혹한 현실 공간과 외롭고 답답한 거주 공간은 개인의 자아를 고립시키고 억압하지 만, '고장 난 냉장고'로 인해 '나'의 일상은 흥미롭고 자유로운 곳 으로 변화하기 시작한다. 냉장의 세계를 알고 난 후, "세상의 풍경 은 완전히 달라져"(19쪽) 있었다. 나는 "냉장고는 인격人格"(17쪽)인 동 시에, 나의 냉장고는 "강한 발언권發言權을 가지고 있다"(19쪽)고 선 언하며, 냉장고에 생명력과 상상력을 불어넣는다.

---

19 박민규, 〈카스테라〉,《카스테라》, 문학동네, 2005, 13~35쪽. 이후부터는 작품명과 인 용페이지 수만 적는다.

냉장고를 통해 비로소 인류는 부패와의 투쟁에서 승리한다. (중략) 냉장의 세계에서 본다면 이 세계는 얼마나 부패한 것인가.

《카스테라》, 21~22쪽)

그러니까, 이 세상은 각자가 〈냉장고〉를 어떻게 사용하느냐에 달려 있는 게 아닐까. 《카스테라》, 22쪽)

현실 공간에 대한 불만족은 또 다른 공간을 욕망하게 하며, 화자인 나는 '상상의 공간'을 창조하여 현실의 결여를 메우고자 한다. 상상의 공간은 '자유'의 공간이자 '해방'의 공간으로 치환될 수 있기 때문이다. 현실 세계의 공간은 완전한 만족을 줄 수 없다. 이전에는 고정되지 않고, 통제되지 않은 것으로 생각되었던 가상의 공간조차도 갈수록 점점 하나의 고정된 공간으로, 나아가 구속과 통제의 공간으로 변화되어 간다. 그러나 '상상력'이라는 공간은 어디에도 예속되거나 구속되지 않는 자유의 공간이자, 타자의 개입과 간섭이 이루어지지 않는 '나만의' 자율적 공간이다. '부패한 세계'에서 우리를 구원해 줄 유일한 존재는 '고장 난 냉장고'라는 엉뚱한 상상력은 기존의 공간이 갖고 있던 개념과 상징질서 등을 전복함과 동시에, 취업과 미래에 대한 걱정, 외로움과 불안 등 소외되고 억압된 공간에서 벗어나 주체적이고 능동적으로 사유할 수 있는 '창조의 공간'을 마련한다. 뿐만 아니라 냉장고에 대한 관심은 나를 세상 밖으로 끌어낸다. '이 세상은 각자가 냉장고를 어떻게 사용하느냐에 달려' 있다고 믿게 된 나는 나만의 공간인 냉장고를 의미 있게 사용하기 위해 원룸 밖, 이웃들을 찾아다니며 자문을 구한다. "너 나이 때는 일단 뭐든지 다 담아 보는 것도 방법은 방법이지"(24쪽)라는 언덕 위 호프집 주인의 말과, 레코드가게 주인이 알려 준 '코끼리를 냉장고에 넣는 법(①문을 연다. ②코끼리를 넣는다 ③문을 닫는다)'은 기존의 사회적 기표들과 통념들을 모두 비껴 가는 방식이다. 실패를 두려워하지 않고 다양한 것들을 시도해 보고 도전하는 것, 의미에 덧붙어 있는 기표들을 모두 벗어던지고 단순한 논리로 생각하기. 이들의 조언을 수용한 나는 나만의 원칙에 따라 "소중하거나, 세상의 해악인 것"(29쪽)들을 냉장고에 집어넣기로 한다. 고심 끝에 제일 먼저 냉장고에 집어넣은 것은 '아버지'이다.

나에겐 시간이 필요했다. 이 〈아버지〉란 것은 무척이나 복잡한 존재였기 때문이다. 누구나 소중하다고는 하지만 분명한 세상의 해악이다. 세상에 뭐 이딴 게 다 있지? (《카스테라》, 26~27쪽)

말했던 대로, 차례차례였다. 나는 학교를 집어넣고, 동사무소를 집어넣고, 신문사와 오락실과 7개의 대기업과, 5명의 경찰 간부와, 낙도초등학교의 어린이들과 (중략) 1명의 병아리감별사와, 180만 명의 실직자와, 36만 명의 노숙자와, 67명의 국회의원과 대통령을 집어넣었다. (《카스테라》, 29쪽)

사회와 공간 사이에는 괴리가 있다. 이데올로기가 중간에 끼어

들며, 환상도 슬그머니 비집고 들어온다.[20] 나는 상징계의 법과 질
서를 상징하는 아버지를, 그리고 미국과 중국을 비롯해 '소중하거
나, 세상의 해악인 것'을 모두 냉장고에 집어넣어 버린다. 원칙은
둘 중 하나로 이분법적 판단에 근거하지만, 냉장고에 넣은 것들은
어떤 것이 소중한 것인지, 어떤 것이 해악인지 쉽게 파악되지 않
는 것들로서, 나는 선과 악의 경계를 무화시키는 이질적이고 새로
운 공간을 창조한다. 이상적으로 재현된 공간이다. '재현의 공간'[21]
은 구체적인 삶의 장소에서 행위를 수행하는 사람들에 의해서 만
들어지는 상상의 공간, 혹은 상상에 의해 만들어질 수 있는 공간
이다. 이미지와 상징의 변화, 상징 행위의 수행을 통해서 기존의
공간 이미지를 변화시키고 새로운 공간에 대한 이상을 만들어 가
는 공간적 실천이다.[22] 화자인 내가 상상을 통해 재현해 낸 '냉장
고'라는 이질적 공간은 기존의 공간이 함축하고 있는 지배적인 공
간 개념, 획일적이고 영속적인 공간 개념에 반反하는 것이다. 동시
에 '상상력'을 통한 이상적 세계의 구성은 '나'만의 생산적인 활동

20 앙리 르페브르, 《공간의 생산》, 29쪽.
21 앙리 르페브르는 '공간의 재현', '공간적 실천', '재현의 공간'의 3각 체제가 사회의 공간
    틀을 구성한다고 말한다. '공간의 재현'은 인간이 일상생활에서 체험하는 것이자 인지
    된 공간을 의미하며, '공간의 실천'은 인간의 활동을 통해 지각되는 공간 개념으로, 개
    인의 일상적 활동과 그 속의 사회적 관계망 등을 조망한다. '재현의 공간'은 인지 공간
    을 구성하는 것으로, 공간에 대한 모든 담론을 담고 있으며 공간이나 장소에 대해 상징
    적인 의미를 부여하는 것이다. 이 세 가지 요소는 각기 다른 방식으로 공간의 생산에
    개입하며, 지각된 것과 인지된 것, 체험된 것 등의 결합 관계는 복합적이고 유동적이다.
22 김승현 외, 〈공간, 미디어 및 권력〉, 《커뮤니케이션 이론》 제3권 제2집, 한국언론학
    회, 2007, 90~91쪽.

이자, 독특한 공간적 실천이다.

공간에 대한 이해는 공간이 어떻게 작동하며 무엇과 관계성을 맺고 있는지, 어떠한 의미들을 생산하는지를 바탕으로 가능하다. 내가 창조한 '고장 난 냉장고'는 키치적 공간이자 동시에 자족적인 공간이다. 현대사회에서 사회적 이데올로기를 구성하고 커다란 담론들을 생성하는 문제적인 것들을, 반대로 아주 하찮거나 개별적인 것으로 규정되는 존재들과 함께 한 공간에 가두어 버림으로써 기존 상징질서를 전복한다. 더불어 키치적 상상력을 바탕으로 한 뒤죽박죽, 얼렁뚱땅 이질적 공간의 창조는 나에게 즐거움을 선사하는 동시에 일종의 카타르시스를 제공한다. 조작 가능한 나만의 세계, 공간에 대한 상상력은 냉장고 안의 세계와 냉장고 밖의 세계, 두 개의 새로운 공간을 창조하고 재구성함으로써 자기만의 대안적인 세계를 가늠해 보도록 한다.

놀랍게도 그 속은 텅 비어 있었고
오직 냉장실의 정중앙에
희고 깨끗한 접시 하나가 반듯하게 놓여 있었다.
그리고 그 접시 위에
한 조각의 카스테라가 있었다.
마치 하나의 세계를 다루듯
나는 조심스레 카스테라를 집어 올렸다.
놀랍게도 따스한,
반듯하고 보드라운 직육면체가

손과 눈을 통해 거짓 없이 느껴졌다.

살짝 한입을 베어 물었다.

달콤하고 부드러운 향이 입과 코를 지나

멀리 유스타키오관까지 퍼져 나갔다.

그것은

모든 것을 용서할 수 있는 맛이었다.

이상하게도

그 따뜻하고 부드러운 카스테라를 씹으며

나는 눈물을 흘렸다. 《카스테라》, 34~35쪽）

대단하고 문제적인 것들을 시끄러운 냉장고 안에 넣었으나, 놀랍게도 다음 날 아침 고요한 냉장고 안에서 발견된 것은 '따뜻하고 부드러운' 카스테라였다. 내가 창조해 낸 공간은 무거운 이데올로기들과 거대담론들을 생산해 내는 공간이 아니라, 인간의 가장 기본적이고 근본적인 욕망, 치유적인 감각과 감정들을 생산해 내는 소박한 공간이다. '달콤하고 부드러운 향'과 '따뜻하고 부드러운' 카스테라는 나의 오감을 만족시키는 동시에, 경쟁적이고 치열한 현실 속에서 하찮은 것들로 치부되었던 인간의 감각을 일깨운다.[23] 더불어 내가 눈물을 흘릴 만큼 깊은 위안과 만족감을 제공한다.

상상력의 공간을 만들어 내는 것, 공상의 행위는 분명 주인공의

---

23 인간은 공간에서 목적이 있는 움직임과 시각적, 촉각적 인식을 통해 이질적인 대상

머릿속에서만 이루어지는 것이므로 주인공이 살아가는 사회적 현실과는 무관한 것이다. 하지만 공상하는 행위를 통해 비좁은 현실 공간 속 아무것도 할 수 없는 수동적 존재에서, 무언가를 창조할 수 있는 능동적 존재로 스스로를 인식하기 시작했다는 것은 '불쾌할 정도로 늘 외로웠던' 나에게 분명 의미 있는 실체적 사건이 된다. 더불어 상상의 공간 속에서 무엇인가를 생산했다는 '느낌'을 가졌던 순간, '생산적 주체'로 인식했던 순간, 그리고 상상의 공간에서 느꼈던 그 부드러움과 따뜻했던 '감각'은 쉽게 잊혀질 수 없는 어떤 것으로, 화자인 내가 현실을 살아가는 데 긍정적인 영향을 미칠 수 있다. 이처럼 박민규의 〈카스테라〉는 상상적 공간을 자유와 해방, 저항과 생성의 의미 등으로 자유롭게 활용함으로써 능동적·생산적 주체로 거듭나게 하는 공상의 힘과, 상상적 공간이 제공하는 삶의 위안과 즐거움, 창조적 공간이 지닌 치유적인 힘 등에 대하여 사유할 수 있는 소설이다.

공간과 인간
: 우연적 공간의 생성과 새로운 세계의 탐색

공간이라는 명사의 어원적 의미는 시사하는 바가 많다. 공간을 뜻하는 독일어 'raum'은 "자리를 만들어 낸다, 비워 자유로운 공간을

들의 친밀한 세계를 경험한다. 이-푸 투안, 《공간과 장소》, 168쪽.

만들다, 떠나다, 치우다" 등 여러 가지를 의미하는 동사 'räumen'에서 비롯되었다.[24] 현대사회에는 수많은 공간들이 존재한다. 실제적 공간과 가상적 공간뿐만 아니라, 이 각각의 공간들 속에서도 서로 간의 가상과 실제의 경계가 다양한 방식으로 겹쳐진 수많은 공간들이 공존한다. 우리는 고정되어 있는 물리적 공간 안에서만 살아가는 것이 아니라 여러 개로 중첩된 삶의 공간을 살아가며, 자신이 의도하든 의도치 않았든 간에 타인과의 관계 속에서 매 순간 새로운 공간들을 생성해 낸다. 박민규의 〈아침의 문〉[25]은 '우연적 공간'의 생성에 관한 이야기이다. 〈아침의 문〉은 자신의 '옥탑방'에서 집단자살을 시도하였으나 어이없게도 혼자 살아남은 '나'의 서사와, 아무도 몰래 혼자서 아이를 출산해야만 하는 '편의점' 알바생 '그녀'의 서사가 교차시점으로 그려진다. 때문에 〈아침의 문〉은 하나의 이야기 속, 개별적인 두 개의 서사 공간이 열린다.

잡시다. 자리를 잡고 불을 끈 후 JD가 말했다. 그 순간 누구도, 한 마디의 말도 하지 않았다. 아무도 울지 않았다. 약을 삼킨 후 편안한 자세로 나는 자리에 누웠고, 다만 누군가의 울음을 참는 소리

같은 것을 들은 듯하다. 그것이 전부였다. 생각해 보면 이상한

24 마르쿠스 슈뢰르, 《공간, 장소, 경계》, 29~30쪽.
25 박민규, 〈아침의 문〉, 《제34회 이상문학상 작품집》, 문학사상, 2010, 11~37쪽. 이후부터는 작품명과 인용 페이지만 적는다.

일이 아닐 수 없다. 사는 곳도 서로의 이름도 모르는 사람들이 모여 볼링을 치고 이곳에서 함께 삶을 마감한다. 《아침의 문》, 18쪽)

그녀는 지금 창고에 들어와 앉아 있다. 손님이 없는 새벽이고, 설사 누가 온다 해도 벨 소리를 듣고 나가면 된다는 생각이다. 창고의 문을 반쯤 열어 놓은 채 그녀는 유니폼을 추켜올린다. 압박붕대를 끄르고 휴, 기나긴 숨을 내쉰다. 의자도 없는 좁은 공간이지만, 종이 박스의 따뜻한 질감이 그녀에게 뜻밖의 위로를 가져다준다. 무엇보다 CCTV에 잡히지 않는 유일한 공간이다. 쏟아지는 아랫배를 두 손으로 감싸쥐고 그녀는 그저 멍하니 앉아 있다. 《아침의 문》, 19쪽)

'옥탑방'이라는 거주 공간과 '편의점'이라는 노동 공간에서 알 수 있듯, 현실에서 펼쳐진 삶의 공간은 죽음을 생각할 만큼 고통스럽고 힘겹기만 하다. 때문에 나는 '가상공간' 속 자살사이트에서 처음 만난 사람들과 삶을 마감하기 위해 한 공간에 모인다. 혼자 힘으로 생을 마감할 용기가 없는 사람들은 집단의 힘을 빌려 생을 마감하고자 가상의 공간에 접속하고, 서로의 얼굴도 이름도, 서로의 사연도 모르는 사람들이 현실의 공간에서 만나 '죽음의 공간'을 생성한다. "끝끝내 삶은 복잡하고, 출구는 하나라는 생각이다. 어떤 우아함과도 예의와도 어울릴 수 없는 문을, 나 역시 열고 들어서는 것뿐"(16~17쪽)이라는 화자의 말처럼 이들은 '자살'이라는 명확한 목적의식 아래, 스스로가 죽음의 문을 열어 삶의 마지막 공간을 생성코자 한다. '그녀' 또한 마찬가지다. "이 세상은 주민등

록증을 가진 괴물, 학생증이며 졸업증명서며 명함을 가진 괴물들이 가득하며, 서로를 괴물이라 부를 수 없어 만들어 낸 단어가 인간"(20쪽)이라 믿는 그녀는 남자 친구의 폭력과 폭언에 시달리면서, 낙태 가능한 시기를 넘겨 아이를 지울 수조차 없는 가혹한 현실에 놓여 있다. 지금 그녀에게 필요한 공간은 아랫배의 통증을 들키지 않고 혼자서 진통을 참아 낼 수 있는 밀폐된 공간이며, 이때 '편의점 창고'는 보관의 공간이 아닌 휴식의 공간이자 은폐의 공간으로 기능한다. 출산이 임박했음을 느낀 그녀는 아기를 몰래 낳을 수 있고, 아기를 유기할 수 있는 공간을 찾아 헤맨다. 그녀가 생성하고자 하는 공간은 '탄생의 공간'이자 동시에 '죽음의 공간'이다.

이처럼 같은 세기, 같은 도시 공간을 살아가는 두 사람은 제각기 주어진 현실 속에서 기존에 형성되어 있는 공간에 접속하거나 자기만의 또 다른 개별적인 공간들을 생성하며 각자의 삶을 살아간다. 그 공간이 비록 '죽음'을 지향하고 있으나 각자의 공간은 개별적인 삶의 스토리를 반영하고 있으며, 개인의 신념과 목적·의도에 따라 고유의 의미들을 생성한다.

집단으로 음독자살을 시도했으나 유일하게 살아남은 나는 좀 더 확실한 방법으로 생을 마감하기 위해 옥탑에서 압박붕대로 매듭을 만들고, "그 문 속으로 슬며시 머리를 넣어 본다."(26쪽) 그녀 또한 양수가 흐르는 몸을 이끌고 허겁지겁 헤매다, 문이 잠기지 않은 옥상을 발견하고 그곳에 드러눕는다. 압박붕대의 끝을 뭉쳐 자신의 입에 물고 그녀는 혼자서 출산을 시작한다. 마침내 "붉게 부푼 타원형의 문이 열리고, 입구는 곧 거의 완벽한 원의 형태를 갖추기 시작"(32쪽)한다.

불쑥, 튀어나오는 머리를 그는 그만 보고 말았다. 그 무언가와, 그래서 왠지 눈을 마주친 기분이었다. 이상하리만치 선명한 눈코입과, 얼굴을 볼 수 있었다. 서로의 문 밖으로 얼굴을 내민 채

이곳을 나가려는 자와
그곳을 나오려는 자는

그렇게 서로를 대면하고 있었다. (《아침의 문》, 33쪽)

붕대로 만든 올가미에 목을 들이밀고 '죽음의 문'을 통과하려는 순간, 나는 건너편 옥상에서 엄마의 자궁을 뚫고 나오는 아기의 얼굴을 대면한다. '죽음의 문'과 '탄생의 문', 두 개의 문이 겹치며 이질적이고 양립 불가능한 공간, 즉 '헤테로토피아heterotopia'가 생성되는 것이다. 헤테로토피아는 '낯선, 혼종된'이란 의미의 헤테로hetero와 '장소'라는 뜻의 토포스topos가 합쳐진 단어로, 일상의 공간과 다른 공간, 장소이면서 동시에 모든 장소들의 바깥에 있는 곳을 의미한다. 미셸 푸코Michel Foucault가 일종의 현실화된 유토피아라고 이야기하는 헤테로토피아는 유토피아와 대비되는 공간[26]으로 유토피아와 디스토피아로 구분될 수 없는 '살 만한' 세상의 공

---

26 유토피아는 실제 장소를 갖지 않는, 본질적으로 비현실적인 공간이다. 유토피아는

간이자, 현실에 존재하는 장소이면서도 동시에 모든 장소들의 바깥에 있는 곳을 의미한다. '나'와 '그녀'는 관심 받지 못하고 소외된 자들의 공간에서 살아가는 인물들이다. 이들은 우연한 만남을 통해 '삶과 죽음', 동시에 양립할 수 없는 이질적 공간인 '헤테로토피아'를 생성한다. 일시적으로 생성되는 이질적 공간은 마치 비현실적인 것처럼 여겨지지만, 현실 속에서 생겨난 낯설고도 두려운 공간이다. 중요한 점은 이들이 만들어 낸 이질적 공간은 개인이 의도하거나 개인에 의해 유도된 공간이 아닌, '우연적'이고 '순간적'으로 생성된 공간이라는 점이다.

죽음의 문으로 들어선 나는 탄생의 순간을 마주하게 되고, 우는 아기의 목으로 시선을 옮기는 '그녀'의 행동에 소스라치게 놀라 소리를 지르며 건너편 옥상으로 달려간다. 결과적으로 우연적 공간의 생성은 나를 죽음의 공간이 아닌, 탄생의 공간이자 삶의 공간으로 이끈다.

야!

뭐어, 하고 그녀는 울부짖는다. 자신도 모르게 남자는 입술을

그 자체로 완벽한 사회이거나 사회에 반反한다. 그런데 사회 안에 존재하면서 유토피아적인 기능을 수행하는, 실제로 현실화된 유토피아인 장소들이 있다. 그것은 다른 온갖 장소들에 이의 제기를 하고 그것들을 전도시킨다. 즉 실제로 위치를 한정할 수 있지만 모든 장소의 바깥에 있는 장소들이다. 푸코는 그것을 유토피아에 맞서 헤테로토피아라고 부른다. 미셸 푸코, 《헤테로토피아》, 이상길 옮김, 문학과지성사, 2020, 11~39쪽 참조.

초연결시대 공간의 의미와 문학 공간의 치유성 |

깨문다. 에이 씨발, 그는 넥타이를 푼다. 의자를 내려서고 쥐가 온 듯한 왼쪽 다리를 질질 끌며 굳게 잠근 통로의 걸쇠를 푼다. 허약한, 무방비 상태의 생명을 공격하는 그 느낌을 그는 누구보다 잘 알고 있다. 끝끝내 대면한 자신의 진짜 이유 앞에서 그는 갑자기 이성을 잃는다. **(《아침의 문》, 35쪽)**

"왜 죽으려는 거냐고 누가 묻는다면 뾰족한 대답을 할 자신이 없는"(27쪽) 나, '죽고 싶은 진짜 이유'를 찾을 수 없던 나는 우연히 생성된 공간에서, 우연히 마주치게 된 사건으로 인해 그 답을 찾는다. 지금 아기가 경험하게 될 '허약한, 무방비 상태의 생명을 공격하는 그 느낌'은 사실 그동안 내가 이 세계에서 경험해 온 것이며, 우연한 공간의 생성은 그 현장을 나에게 재현함으로써 내가 찾던 죽음의 진짜 이유를 깨닫게 한다. 이는 곧 '실재와 대면'한 순간이다. '나'와 '그녀'가 우연히 만들어 낸 공간은 나에게 '죽고 싶은 이유'를 깨닫게 하는 동시에, 내가 '살고 싶은 이유', '살아야만 하는 이유'를 만들어 준다. 나는 나를 구원해 주지 않은 차가운 세계와는 달리, 무방비 상태의 생명을 지켜 내기 위해 죽음의 문을 닫고 건너편 옥상으로 달려간다. 나는 "적어도 콘크리트보다는 따뜻한 인간이기 때문"(36쪽)이다. '하물며' 나는 품에 안은 아기에게 울지 말라고 속삭인다. 그러자 아이는 잠시 울음을 그친다.

이렇듯 우리의 삶에는 육하원칙으로 설명될 수 없는²⁷ 수많은

---

27 박민규의 〈아침의 문〉은 네 개의 소제목이 달려 있다. 첫 번째 소제목은 '언제, 어디

이유와 목적들이 존재하고, 육하원칙으로 설명 불가능한 삶의 우연성들이 개입함으로써 새로운 공간들이 창조된다. 공간은 다양한 인간관계들이 역동적으로 상호 교차하면서 늘 새로운 의미들을 생성하며, 개방성과 변화를 초래하는 유동적인 곳[28]으로 기능하는 것이다. 〈아침의 문〉이 지니는 치유적 함의는 죽음의 문으로 향하던 내가 우연히 출산 장면을 목격하고 아기를 구해 냄으로써 결국, 나와 아기 둘 다 삶의 문으로 향하게 되었다는 결과론적인 것에 그치지 않는다. 이 소설이 지니는 진정한 치유적 의미는 '나'와 '그녀'가 우연적으로 생성해 낸 이질적이고 일회적인 공간이 나에게 실재와 조우하게 함으로써 비로소 '주체적인' 삶의 이유와 죽음의 이유를 깨닫게 했다는 것, 우연히 생성된 세계 속에서 내가 괴물이 아닌 '인간'임을 확인하게 되었다는 것이다. 이는 기존의 목적 없는 삶, 가망 없는 삶을 살아가던 내가 변화하게 될 것임을 의미하며, 나아가 새로운 삶의 가능성을 예고한다.

서', 두 번째 소제목은 '누가, 무엇을', 세 번째 소제목은 '어떻게, 왜?', 네 번째 소제목은 '만일, 하물며'이다. '나'와 아기가 서로의 문을 통해 대면하게 된 사건은 네 번째 소제목, '만일, 하물며'에서 서술된다.

28 이 공간들은 경계를 가지고는 있지만 이 경계들은 지속적으로 해체되고, 또 다른 지점에서 새로 생겨난다. 이 경계들은 더 이상 하나의 장소에서 고정적으로 발견되지 않는 '유랑하는 경계들'이다. 마르쿠스 슈뢰르, 《공간, 장소, 경계》, 311쪽.

문학적 공간의 치유성

지금까지 본 장에서는 '공간과 시간', '공간과 상상력', '공간과 인간'의 관계성에 주목함으로써 박민규의 소설 세 편에 나타난 공간의 특징과 그 치유적 의미에 대하여 살펴보았다. 그 결과 〈갑을고시원 체류기〉에서는 억압과 고통의 공간이 10년이라는 '시간성'의 개입을 통해 치유와 성장의 공간으로 재구성되는 과정을 통해, 변화하는 공간의 의미와 위계 없는 토포필리아의 치유적 가치 등을 탐색할 수 있었다. 〈카스테라〉에서는 상상적 공간을 자유와 해방, 저항과 생성의 의미 등으로 자유롭게 활용함으로써 능동적·생산적 주체로 거듭나게 하는 '상상력'의 힘과, 상상적 공간이 제공하는 삶의 위안과 즐거움, 창조적 공간이 지닌 치유적인 힘 등을 살펴볼 수 있었다. 마지막으로 〈아침의 문〉에서는 죽음의 문으로 향하던 '나'와 '그녀'가 우연히 생성해 낸 이질적이고 순간적인 공간에 주목함으로써, 우연적 공간의 생성과 이로 인한 주체의 균열, 변화하는 주체와 새로운 세계의 가능성 등을 확인하였다.

이처럼 박민규의 소설 속 공간은 엉뚱하고도 기발한 형태로 변주하는 공간이자, 새로운 의미들을 창조해 나가는 생성의 공간이며, 가망 없는 세계 속에서 다양한 가능성들을 함축하고 있는 치유적 공간이다.

박민규 소설에서 구현되는 다양한 공간의 생성은 서사의 측면에서뿐만 아니라, 서술 기법에서도 확인할 수 있다. 박민규 소설의 기법적 특징으로 규정되는 것은 무규칙적인 '잦은 행갈이'이다. 앞에서 다룬 세 편의 소설 또한 인용 부분에서 확인할 수 있듯, 하나의 문장이 채 완결되기도 전에 행갈이가 이루어짐으로써 문장의 호흡이 끊기고, 단락이 자주 바뀜으로써 텍스트에 유독 빈 공간이 많이 생성된다. 낯설게 느껴지는 이러한 서술 기법은 독자들로 하여금 텍스트의 글자 속에 함몰되지 않고 독자의 생각과 자기서사가 충분히 개입할 수 있는 틈을 마련해 준다. 뿐만 아니라 작가가 의도적으로 생성한 텍스트의 빈 공간은 독자의 생각과 해석이 덧붙음으로써 더욱 풍부하고 새로운 의미들을 창출해 내며, 이러한 행간의 울림은 독자로 하여금 자신을 둘러싼 세계와 스스로에 대해 더 깊이 생각하고 성찰할 수 있는 계기를 제공한다.

겨우 2년 전에 한 칸의 작업실을 마련할 수 있었다. 당연한 얘기겠지만 그 후 많은 시간을 이곳에서 보내고 있다. 작업실을 얻었어요, 말하면 대개 산속이나 절간 같은 곳을 떠올리곤 하는데 그렇지 않다. 오전과 오후, 야채를 실은 트럭이 골목골목을 도는 지극히 평범한 주택가의 단칸방이다. 이 평범한 풍경과 분위기를, 공기를 나는 좋아한다. 《문학적 자서전》, 《제34회 이상문학상 작품집》, 312~313쪽)

아무도 없는 이 방에서, 작고 따뜻했던 - 아무도 없던 그 방을 떠올려 본다. 그리고 글을 쓴다. 《문학적 자서전》, 《제34회 이상문학상 작품집》, 321쪽)

위의 글은 박민규가 〈아침의 문〉으로 2010년도 이상문학상 대상을 수상한 후, 작품집 뒤에 실은 〈문학적 자서전: 자서전은 얼어

죽을〉의 일부이다. 위의 글에서도 알 수 있듯, 작가 박민규에게도 '공간'은 개인의 삶에서 중요한 위상를 차지하며, 공간에 대해 그가 지니는 특별한 애정과 과거의 공간에 대한 애틋함, 즉 토포필리아를 확인할 수 있다. 지금-여기, 박민규의 공간은 단지 글쓰기를 수행할 수 있는 '작업 공간'이 아닌, 평범한 세상의 풍경과 분위기를 느낄 수 있는 소박한 '일상의 공간'이자, 글쓰기의 재료와 영감을 얻을 수 있는 '잠재적 공간'이다. 박민규의 개별 공간 안에서 문학적 상상력이 싹트고, 매 순간 새로운 공간들이 생성되며, 세계의 공간들이 재구성된다. 그리고 그 공간 속에서 독자들 또한 자신만의 또 다른 공간들을 생성해 나간다.

미셸 푸코는 현 시대를 '공간의 시대'라 말한다. 우리는 동시성의 시대, 인접성과 분산의 시대를 살고 있으며, 시간의 흐름에 따라 시대의 발전을 경험하는 것이 아닌, 여러 지점을 연결하고 교차시키는 네트워크로서의 공간[29]을 경험하며 살아간다. 어떤 이들은 무수히 생성되는 초연결시대의 공간 속에서 개별적 공간들이 점차 축소되고, 인간의 주체성 또한 약화될 것임을 염려한다. 그러나 본고에서 확인했듯, 문학이 만들어 낸 다양한 공간들은 주체로 하여금 현실의 세계를 벗어나 새로운 세계의 가능성을 탐색하게 하고, 깊이 있는 사유를 통해 개인의 내면 공간을 확장하게 함으로써 능동적 · 생산적 주체로 거듭나게 한다.

공간의 시대에 주체적으로 사유하기. 자발적이고 주체적인 공

---

[29] 미셸 푸코, 《헤테로토피아》, 41쪽.

간의 생성을 통해 자기변화를 꾀하기. 이것이 바로 문학적 공간이 지니는 치유적 힘이자 초연결시대의 문학이 함축하는 새로운 가능성일 것이다.

참고문헌

박민규, 〈갑을고시원 체류기〉,《카스테라》, 문학동네, 2005.

_____, 〈카스테라〉,《카스테라》, 문학동네, 2005.

_____, 〈아침의 문〉,《제34회 이상문학상 작품집》, 문학사상, 2010.

김승현 외, 〈공간, 미디어 및 권력〉,《커뮤니케이션 이론》제3권 제2집, 한국
　　언론학회, 2007, 82~121쪽.

서은경, 〈한국의 소비자본주의 시대 개막과 루저들의 탄생〉,《돈암어문학》,
　　돈암어문학회, 2016, 125~154쪽.

손종업, 〈우리 소설 속에 나타난 아파트 공간의 계보학〉,《어문론집》제
　　47집, 중앙어문학회, 2011, 243~264쪽.

신성환, 〈편혜영 소설에 나타난 장소상실과 그 의미〉,《어문론총》제55호,
　　한국문학언어학회, 2011, 353~391쪽.

심혜련,《20세기의 매체철학》, 그린비, 2012.

안남연, 〈현대소설의 현실적 맥락과 새로운 상상력 - 박민규 소설을 중심으
　　로〉,《한국문예비평연구》, 한국현대문예비평학회, 2006, 163~177쪽.

데이비드 하비,《포스트모더니티의 조건》, 구동회 외 옮김, 한울, 1994.

마르쿠스 슈뢰르,《공간, 장소, 경계》, 정인모 외 옮김, 에코리브르, 2018.

마이크 크랭 외,《공간적 사유》, 최병두 옮김, 에코리브르, 2013.

미셸 푸코,《헤테로토피아》, 이상길 옮김, 문학과지성사, 2020.

앙리 르페브르,《공간의 생산》, 양영란 옮김, 에코리브르, 2019.

에드워드 렐프,《장소와 장소 상실》, 김덕현 외 옮김, 논형, 2021.

이-푸 투안,《공간과 장소》, 구동희 외 옮김, 대윤, 1999.

_____,《공간과 장소》, 윤영호 외 옮김, 사이, 2020.

팬데믹 시대,
'공간'을 주제로 한 글쓰기치료

이 글은 2022년 1월 《문학치료연구》 제62집에 실린 원고를 수정하여 재수록한 것이다.

팬데믹 시대의 공간과 코로나 블루

2019년 12월, 예고 없이 찾아온 코로나19 바이러스로 경제 · 사회 · 문화 · 종교 · 교육 · 의료 체계 등 기존의 질서들이 무너지고, 우리 사회는 시대적 상황에 맞추어 발 빠르게 변화하고 있다. 글로컬리즘, 다문화주의 등 세계시민, 세계 공동체를 강조하던 세기의 질서는 신종 바이러스의 발병으로 한 순간 마비되어 버렸고, 자유와 선택 대신 금기와 제약이 강요된 사회가 기약 없이 이어지고 있다. 팬데믹 시대의 도래 후, 현대인의 생활 반경은 큰 폭으로 줄어들었다. 생활 속 거리두기로 인해 여행과 운동, 영화와 공연 관람 등 문화와 여가 생활을 즐길 수 있는 개인의 자유가 축소되었으며, 사적인 모임과 활동의 금지로 사람들이 집 안에 머물러 있는 시간은 크게 증가하게 되었다. 일상적인normal 것이 더 이상 일상적이지 않게abnormal 되었으며, 비일상적인 것이 일상적인 것이 되어 버린, 뉴노멀new normal의 시대[1]가 탄생한 것이다. 갑작스런 삶의 변화로 현대인들은 여러 가지 문제에 직면하고 있다. 소비의 침체로 인한 자영업자들의 위기, 재택근무로 인한 개인 공간의 부족, 장기간의 가정학습으로 인한 돌봄의 공백, 그리고 무엇보다 인간관계의 단절과 소통의 단절은 현대인들에게 공포와 불안 · 우울 등의 다양한 심리적 문제들을 야기하였다. 이러한 문제는 '코로나 블루Corona Blue'(코로나 우울), '코로나 레드Corona Red', '코로나

---

1   과학기술정책연구원, 《포스트코로나 일상의 미래》, 청림출판, 2021, 27쪽.

블랙Corona Black' '코로나 앵그리' 등 팬데믹 시대가 만들어 낸 신조어[2]를 통해 확인할 수 있다.

코로나 블루는 '코로나19'와 '우울감blue'이 합쳐진 단어로, 코로나19 확산으로 일상에 큰 변화가 닥치면서 생긴 우울감이나 무기력증을 뜻한다. 불안·우울·두려움·분노·즐거움 상실 같은 감정 반응과, 불면·식욕부진·두통·가슴 답답함·피로함 등의 신체 반응, 집중력 저하·혼돈 같은 인지 반응 등을 보인다는 점에서 우울·기분 부전·범불안장애 등의 증상과 유사하지만, 그 원인이 신종 감염원인 코로나19의 대유행으로 촉발된 것이라는 점에서 차별성을 지닌다.[3] 한국건강증진개발원에서 전국 만 20~65세 이하의 성인 남녀 1,031명을 대상으로 '코로나19로 인한 건강 상태'를 조사한 결과,[4] 전체 응답자의 40.7퍼센트가 코로나 블루를 '경험했다'고 응답하였다. 여성(50.7퍼센트)이 남성(34.2퍼센트)에 비해 코로나

---

2 코로나 레드는 코로나 블루를 넘어선 상태를 이르는 말로 장기화되는 감염병 상황에서 생겨난 우울이나 불안 등의 감정이 '분노'로 폭발하는 것을 가리키며, 코로나 블랙은 장기화되는 코로나19로 무기력함은 물론 '좌절·절망·암담함' 등을 느끼는 심리적 상태를 말한다.

3 국립정신건강센터 국가트라우마센터에서는 코로나19 확산과 관련하여 코로나 우울을 크게 세 가지로 나누어 설명한다. 첫 번째는 감염에 대한 불안감이다. 이는 사람들이 코로나19에 감염이 되지 않을까 하는 불안감 때문에 대인기피증, 불면증, 고립감 등 정신적인 고통을 겪는 것을 의미한다. 두 번째는 경제적 타격에 대한 불안감이다. 이는 재택근무로 인한 실적 저하, 자영업자들의 매출 하락과 생활 패턴의 변화로 혼란을 겪게 되며 발생하는 불안감이다. 셋째, 정보의 무분별한 확산으로 인해 발생하는 우울감이다. 이는 코로나19에 대한 부정적인 정보들이 불안감을 조성함으로써 우울감을 느끼게 하는 것을 뜻한다. 오동섭, 〈코로나19 시대를 읽는 10가지 키워드〉, 《선교와 신학》 54, 장로회신학대학교 세계선교연구원, 2021, 57쪽 참고.

4 한국건강증진개발원 보도자료(2020.10.14.) https://www.khealth.or.kr/board?menuId= MENU00907&siteId=null

블루 경험률이 비교적 높으며, 특히 20대, 30대, 60대 여성의 경우 과반수가 코로나 블루를 경험한 것으로 나타났다. 코로나 블루를 경험한 응답자의 경우, 코로나 블루 원인으로 '외출 및 모임 자제로 인한 사회적 고립감'(32.1퍼센트)을 선택한 비율이 가장 높았으며, '감염 확산에 따른 건강 염려'(30.7퍼센트), '취업 및 일자리 유지의 어려움'(14.0퍼센트), '신체 활동 부족으로 인한 체중 증가'(13.3퍼센트) 등을 꼽았다.

2021년 4월 발표된 국민건강보험공단의 통계자료[5]도 눈 여겨 볼 필요가 있다(〈표 1〉참조). 그에 따르면 2020년 기분장애 질환으로 병원을 찾은 사람은 101만 7천여 명으로 연평균 증가율은 6.9퍼센트, 최근 5년간 증가율은 30.7퍼센트(24만 명)로 나타났다. 이처럼 우울 에피소드를 동반한 기분장애를 경험하는 국민의 비율은 남성과 여성이 유사한 증가폭을 보이며, 꾸준히 증가하는 추세이다. 그런데 우리가 주목할 점은 2020년 기준 '기분장애'를 겪

| 표 1 | **2016~2020년 '기분장애' 질환 성별 진료 인원**   (단위: 명, %)

구분	2016년	2017년	2018년	2019년	2020년	16년대비 증감률	연평균 증감률
전체	777,781	816,859	893,478	963,239	1,016,727	30.7	6.9
남성	264,681	279,265	307,985	332,343	345,302	30.2	6.9
여성	513,100	537,594	585,493	630,896	671,425	30.6	7.0

----

5   국민건강보험공단 보도자료(2021.4.6) https://www.nhis.or.kr/nhis/together/wbhaea0 1600m01.do

팬데믹 시대, '공간'을 주제로 한 글쓰기치료 |

고 있는 연령대의 비율이다(〈표 2〉 참조).

〈표 2〉에서처럼 연령대별로 살펴보면 전체 진료 인원 101만 7천 명 중 20대가 16.8퍼센트(17만 1천 명)로 가장 많았고, 60대가 16.2퍼센트(16만 4천 명), 50대가 14.4퍼센트(14만 7천 명) 순으로 나타났다. 그동안 우울장애는 50~60대 여성 환자들이 큰 비율을 차지하여 왔다. 나이가 많아질수록 자주 재발하고 이환 기간이 길어지기 때문[6]이다. 그러나 최근 들어 20대 젊은 층에서 불안장애,

| 표 2 | 2020년 '기분장애' 질환 연령대별 / 성별 진료 인원   (단위: 명, %)

구분	전체	9세 이하	10대	20대	30대
계	1,016,727	1,299	46,490	170,987	135,011
	(100)	(0.1)	(4.6)	(16.8)	(13.3)
남성	345,302	808	17,484	64,235	47,251
	(100)	(0.2)	(5.1)	(18.6)	(13.7)
여성	671,425	491	29,006	106,752	87,760
	(100)	(0.1)	(4.3)	(15.9)	(13.1)

구분	40대	50대	60대	70대	80대 이상
계	135,743	146,661	164,401	136,320	79,815
	(13.4)	(14.4)	(16.2)	(13.4)	(7.9)
남성	48,935	49,431	50,961	42,747	23,450
	(14.2)	(14.3)	(14.8)	(12.4)	(6.8)
여성	86,808	97,230	113,440	93,573	56,365
	(12.9)	(14.5)	(16.9)	(13.9)	(8.4)

---

6   국민건강보험공단 보도자료(2021.4.6) 내용 참고.

우울장애의 빈도가 늘어나고 있다. 불안정한 미래, 취업에 대한 불안감, 초기 사회생활 부적응 등 다양한 스트레스 요인들이 작용하겠지만, 코로나로 인한 외출과 모임의 제한, 이로 인해 유발되는 인간관계 단절과 소통의 단절, 고립감과 외로움, 무기력함, 답답함 등이 20대 계층의 불안과 우울에 큰 영향을 미쳤을 것으로 짐작된다.

따라서 본 장에서는 크게 두 가지 사실에 주목하고자 한다. 첫째, 팬데믹으로 인해 고립감과 우울감 등을 경험하는 20대에게 심리적인 도움이 필요하다는 점, 둘째, 팬데믹 시대에 집 안이나 실내에 머무는 시간이 크게 증가하므로 '공간'에 대한 재사유가 필요하다는 점이다. 동시성과 인접성의 시대, 무수히 많은 연결들이 실타래처럼 교차하는 네트워크의 시대, 미셸 푸코Michel Foucault는 현 시대를 시간의 흐름에 따라 발전하는 시대가 아닌 '공간의 시대'[7]라 부른다. 기술의 발달로 물리적 공간의 제약이 극복되고, 네트워크상에서 수많은 공간들이 동시에 생성되고 사라짐을 경험하는 현대인들에게 팬데믹으로 인한 공간의 제약은 심리적으로 더 큰 답답함과 우울함을 초래할 수밖에 없을 것이다. 개인이 소비하던 물리적 공간은 5분의 1 이상 줄어들었고, '집 밖은 위험하다'는 생각으로 마음 놓고 공간의 자유를 누릴 수 없기 때문이다. 그러

---

7 푸코는 오늘날의 불안은 확실히 시간보다는 공간에 훨씬 더 근본적으로 관련된다고 주장한다. 시간은 대체로 공간 내 산재하는 요소들 간에 가능한 분포의 게임 가운데 하나로 나타나기 때문이다. 미셸 푸코, 《헤테로토피아》, 이상길 옮김, 문학과지성사, 2020, 41쪽 참조.

나 제한된 공간 안에서 홈트레이닝, 홈가드닝, 요리와 명상 등 '자기 돌봄'을 통해 심리적 안정을 되찾으려는 노력[8]들이 이어지고 있고, '올인빌all in vill', '올인룸all in room'처럼 집 또는 방 한 칸에 생활에 필요한 모든 것을 갖춤으로써 주어진 공간을 바꾸려는 사람들 또한 늘어나고 있다. 팬데믹 시대의 신생 인류, '홈 루덴스Home Ludens'의 탄생이다. 이처럼 코로나19를 계기로 공간의 구조가 재편되고 있고, 바뀐 공간은 우리의 생각에도 다양한 영향을 미치고 있다. 팬데믹 시대, 공간에 대한 인식, 공간에 대한 충분한 사유가 절실히 요구되는 이유이다.

공간은 우리가 살아가는 세계를 구성하는 가장 기본적인 요소이며, 우리가 살고 있는 공간은 균질적이고 텅 비어 있는 것이 아니라 다양한 성질들로 가득 차 있다. 그러나 우리는 공간을 인간의 편의를 위해 존재하는 당연한 곳이거나 폐쇄적이고 수동적인 곳으로 생각하기 쉽다. 따라서 세 번째 장에서는 공간의 기능과 역할, 공간에 깃든 추억과 느낌 등 '공간을 주제로 한 글쓰기'를 통해 20대 대학생들로 하여금 구속과 제약, 답답함이나 무료함 너머 공간의 다양성과 가능성, 그리고 공간의 소중함과 중요성 등을 탐색할 수 있는 글쓰기치료 모형 및 사례를 제시하고자 한다.

---

8 〈유튜브로 읽는 코로나시대 – 사람들이 '나'를 돌보기 시작했다〉,《중앙일보》2020년 8월 28일자. https://news.joins.com/article/23858904

인문지리학에서의 '공간'과 장소정체성

공간空間의 사전적 의미는 '아무것도 없는 빈 곳, 물질이나 물체가 존재할 수 있거나 어떤 일이 일어날 수 있는 자리, 영역이나 세계'를 뜻한다. 또한 공간을 뜻하는 독일어 'raum'은 "자리를 만들어내다, 비워 자유로운 공간을 만들다, 떠나다, 치우다" 등을 뜻하는 동사 'räumen'에서 비롯된 단어[9]로, 좀 더 적극적이고 실천적인 행위와 의미를 내포한다. 공간은 하나의 형태로 고정되어 있는 것이 아니라, 개인적이고 개별적인 단위, 상대적인 고정성과 움직임, 흐름과 파동 등의 다양한 요소가 서로 침투하거나 충돌하는 과정에서 서서히 그 윤곽을 드러내며, 발견 · 생산 · 창조로 이어지는 공간의 구성은 진화의 과정이자 유전의 과정[10]으로 볼 수 있다. 지리학자 에드워드 렐프Edward Ralph는 공간을 원초적 공간, 지각 공간, 실존 공간, 건축과 계획 공간, 인지 공간, 추상 공간으로 나누어 설명하고,[11] 공간은 다양한 형태들이 한데 뒤섞여 있어 명확히 그 유

---

9   마르쿠스 슈뢰르, 《공간, 장소, 경계》, 정인모 외 옮김, 에코리브르, 2018, 29~30쪽.
10   앙리 르페브르, 《공간의 생산》, 양영란 옮김, 에코리브르, 2019, 29쪽, 71쪽, 155쪽 참조.
11   원초적 공간은 우리가 별 생각 없이 행동하고 움직이는 본능적이고 무의식적인 행위의 공간, 지각 공간은 개인이 지각해서 직면하는 자아중심적인 공간으로 경험과 의도 등에 의해 내용과 의미를 지니는 공간이다. 실존 공간은 우리가 한 문화집단의 구성원으로서 세계를 구체적으로 경험하는 과정에서 드러나게 되는 공간으로 집단의 모든 구성원들에게 적용되는 공간이다. 건축 공간과 계획 공간은 공간을 창조하기 위한 인위적인 시도에 의해 만들어진 공간으로, 차원적인 지도 공간에서의 기능이 우선적으로 관련된다. 인지 공간은 공간을 투영 대상물과 동일시하고 그에 대한 이론을 개발하려는 시도에서 나온 공간에 대한 추상적 구성 개념을 뜻하며, 추상 공간은 반드시 경험적 관찰에 의존하지 않아도 그 공간을 설명할 수 있는 논리 관계에 의

형이 분리될 수 없음을 강조하였다. 특히, 네트워크와 통신기술, 미디어 등의 발달로 인해 현대사회는 가상과 실제의 경계가 다양한 방식으로 겹쳐진 수많은 공간들이 존재하며, 공간은 매 순간 예측할 수 없는 다양한 형태로 변주해 나간다. 우리는 고정되어 있는 물리적 공간 안에서만 살아가는 것이 아니라 여러 개로 중첩된 삶의 공간을 살아가며, 자신이 의도하든 의도치 않았든 타인과의 관계 속에서 새로운 공간들을 생성해 내기도 한다. 이처럼 공간의 형태와 범위는 다양하며, 공간은 사회적 이데올로기와 경제적 가치, 인간의 욕망 등이 투영되면서 의미 있는 공간 또는 구체적인 장소로 탄생하게 된다.

공간은 형태가 없고, 손으로 만져질 수 있는 실체가 아니기 때문에 공간에 대해 설명하거나 언급할 때는 자연스레 장소성이나 장소 개념이 따라붙게 된다. 이에 대해 인문지리학자 이-푸 투안 Yi-Fu Tuan은 '개방되어 있지 않은 인간화된 공간'을 장소라 규정지으며, 장소는 기존의 가치들이 내재된 '평온한 중심지'라고 말한다.[12] 즉, 막연하고 모호한 공간의 개념에 장소성이 개입하면 더 구체적이고 안전한, 더 개별적이고 가치 있는 공간으로 자리매김하는 것이다. 모든 인간은 의식적이든 무의식적이든 자신이 경험한 특정한 장소에 개별적인 의미를 부여함으로써 장소정체성[13]을

해 구성된 공간이다. 에드워드 렐프, 《장소와 장소상실》, 김덕현 외 옮김, 논형, 2021, 40~70쪽 참조.

12 이-푸 투안, 《공간과 장소》, 윤영호 외 옮김, 사이, 2020, 30~31쪽.

13 에드워드 렐프는 장소정체성을 구성하는 요소를 세 가지로 정의하였다. 첫째 물리적

형성하고, 그곳에 자신의 애착을 투영한다. 인문지리학자들은 장소에 대한 애착은 현재 자신의 모습과 상태에 대한 긍정으로 연결되어, 인간의 정체성 형성에 영향을 미친다고 주장한다. 어떤 물리적 공간을 의미로 가득 찬 '장소'로 받아들이고 자신의 삶과 주변의 상황을 긍정적으로 받아들일 때, 인간은 그 속에서 평온함을 느끼며 그 장소에 애착을 느끼는 반면, 어떤 물리적인 공간을 의미 있는 장소로 인식하지 못할 때 주변 환경에서 유리되어 소외감을 경험하게 되는 것이다.

팬데믹 시대, 사회적 거리두기로 인해 실내에 머물러 있는 시간이 길어진 20대 대학생들은 온라인강의, 온라인쇼핑, 온라인게임, 유튜브 시청, SNS 등 가상의 공간에서 많은 시간들을 소비한다. 그러나 가상의 세계가 만들어 낸 수많은 공간들은 동시적·일시적으로 생성되고, 또 쉽게 사라져 버리는 소비적인 공간들이다. 스펙터클의 공간 속에서 20대들은 능동적이고 주체적으로 삶의 의미와 개인의 정체성을 탐색하기보다는 빅데이터, 알고리즘 등 상업적 메커니즘에 의해 수동적으로 주어진 공간들을 소비하게 된다. 그리고 소모적인 공간 속에서 허무함과 지루함, 무의미함, 타인과의 비교에 의한 좌절감, 고독감 등을 경험하게 된다.

따라서 세 번째 장에서는 20대 대학생들로 하여금 글쓰기를 통

환경과 사물, 둘째 인간의 활동, 셋째 인간의 의도와 경험을 바탕으로 한 '의미'이다. 세 가지 요소 중 물리적 환경이나 활동은 쉽게 인식될 수 있지만 의의와 의미라는 요소는 포착하기 어려우며, 장소정체성을 형성하는 가장 중요한 요소는 '의미'임을 피력한다.

해 가상세계의 공간이 아닌 현실 공간에 주목하고, 나를 둘러싼 공간, 과거의 기억 속 애착이 스며 있는 공간, 현재 나에게 가장 위안이 되거나 의미 있는 공간 등을 적극적으로 탐색함으로써 공간에 대해 충분히 사유할 수 있는 글쓰기치료 모형을 제시하고자 한다. 공간은 행위와 의도의 중심이며, 우리가 특정한 사건들을 경험함으로써 실존의 의미를 확인하게 하는 바탕이다. 자신이 현재 발 딛고 있는 곳 안에서 애착을 갖는 특정한 장소를 소유하고 있다는 인식은, 그곳 또는 그 시간 속에서 안온함을 느끼고 있음을 의미하며, 나아가 그 장소에 자신이 잘 '뿌리내림'하고 있다는 인식[14]으로 연결될 수 있다. 따라서 미래에 대한 불안감, 관계와 소통의 단절로 인한 우울감 등을 경험하는 대학생들에게 공간과 장소정체성을 기반으로 한 글쓰기는 현재 자신의 모습을 긍정하고, 자신을 둘러싼 환경과 삶의 조건, 나아가 자신의 정체성에 대해 고민하는 계기를 제공할 것이다.

글쓰기치료에서의 '공간'과 자아정체성

글쓰기치료는 글을 쓰는 과정에서 자발적으로 일어나는 감정에 주목하고, 스스로 자신의 생각을 정리함으로써 자신에 대해 명확히 이해하는 글쓰기, 자신의 마음을 다스리고 자의식을 강화함으

---

14   에드워드 렐프, 《장소와 장소상실》, 287쪽.

로써 인생의 목표나 인생의 위기를 극복하는 데 유용한 실천 방법으로서의 글쓰기를 의미한다. 일반적으로 글쓰기치료는 일상의 메모와 기록, 느낌과 감정의 표출 등 자신의 감정을 소박하게 다룬 글부터 자기의 내면을 심층적으로 다룬 글까지를 모두 포함하며, 글을 쓰는 과정을 통해 마음의 상처를 찾아내고 그것을 다시 긍정적인 체험으로 수용하는 과정[15]을 의미한다. 글쓰기치료는 저널치료·표현적 글쓰기[16]·감정적 글쓰기·자기성찰 글쓰기 등 필요와 목적, 그 쓰임에 따라 다양한 용어로 불리며, 문학치료·인문치료·철학치료를 비롯해 글쓰기 활동을 동반한 다양한 실용학문의 영역에서 활용되고 있다.

글쓰기치료에서도 '공간'의 역할은 매우 중요하다. 글쓰기치료에서 다루어지는 공간 개념은 크게 세 가지로 정리할 수 있다.[17] 글을 쓸 수 있는 '장소로서의 공간'과 과거의 기억과 새로운 기억

---

15 채연숙, 《글쓰기치료》, 경북대학교출판부, 2010, 24~25쪽 참조.
16 《표현적 글쓰기》의 저자 제임스 페니베이커는 글쓰기의 심리적 효과뿐만 아니라 글쓰기의 생물학적 효과를 다양한 실험을 통해 입증하였다. 그 결과 표현적 글쓰기를 지속적으로 실시한 경우 면역 기능이 전반적으로 향상되고, 천식 환자들과 관절염 환자들은 심폐 기능과 관절의 유연성이 향상되었음을 발표하였다. 뿐만 아니라 에이즈 환자의 경우 백혈구 수치가 증가되었고, 과민성대장증후군 환자들의 경우 발병도가 현저히 낮아졌으며, 암 환자를 대상으로 한 연구 결과 신체적 증상이 경감되고 수면의 질이 높아졌음을 연구를 통해 입증하였다. 이 밖에도 안면근육 긴장 완화와 손의 발한 정도가 낮아지는 등 즉각적인 스트레스 감소에도 글쓰기가 긍정적인 영향을 미친다는 것을 증명하였다. 제임스 페니베이커 외, 《표현적 글쓰기》, 이봉희 옮김, 엑스북스, 2017, 23~30쪽 참조.
17 채연숙은 《글쓰기치료》에서 글쓰기치료의 매체(공간, 문자, 소리, 몸, 그림) 중 하나로 공간을 언급하며, 장소로서의 공간과 내면의 공간을 설명하지만, 필자는 여기에 자신의 감정이 글로 옮겨진 공간, 즉 노트와 종이 등의 '표현 공간'도 글쓰기치료에서 중요하게 다루어져야 할 공간의 영역이라 생각하여 세 가지로 구분한다.

을 재구성하고 재정리할 수 있는 '내면의 공간', 그리고 자신의 생각과 감정들이 옮겨지는 노트·종이 등의 '표현 공간'이다. 장소로서의 공간은 글을 쓸 수 있는 물리적인 공간이다. 글쓰기치료에서 치료적 효과를 강화하기 위해서는 적절한 공간과 장소가 필요한데, 우선적으로 요구되는 공간은 외부와 철저히 단절된 조용한 곳이다. 그동안 유발된 다양한 문제와 부정적 요인들로부터 적절한 거리두기가 필요하기 때문이다. 자연과 가까이 접할 수 있는 곳, 소음이 없는 한적한 곳, 혼자만 있을 수 있는 곳 등 참여자들이 편안한 마음으로 자기 자신에게 몰입할 수 있는 물리적 공간이 마련되어야 한다. 글쓰기치료에서 가장 중요하게 다루어져야 할 공간은 '내면의 공간'이다. 글쓰기치료에서는 개개인이 가진 심연의 공간을 스스로 들어왔다가 되돌아 나갈 수 있도록 해 주는 심신의 공간이 마련되어야 한다. 이때 글쓴이는 자신의 심연으로 들어가 자신을 위한 언어들을 퍼 오고, 자신과 관련된 은유와 상징을 가지고 옴으로써 치유적 효과를 얻을 수 있다.[18] 그리고 마지막으로 자신의 고통을 안전하게 표출할 수 있는 공간, 글쓴이의 생각과 감정들이 옮겨지는 종이·노트 등의 '표현 공간'은 글쓰기치료의 필수적 공간이다. 표현 공간에 옮겨진 글은 실재의 사건과 상황, 자신의 감정들로부터 거리두기를 가능하게 한다. 글쓴이는 글이라는 물리적 실재를 통해 자신의 경험과 생각·감정·타인과의 관계 등을 객관적으로 살펴보고 스스로를 성찰함으로써, 좀 더

18   채연숙, 《글쓰기치료》, 78~80쪽 참조.

나은 방향으로 환경을 개선시켜 나가거나 스스로 변화해 나갈 수 있다. 이처럼 글쓰기에서의 공간은 물리적 환경이나 조건 너머, 자신의 억압된 것을 표출할 수 있는 표현 공간과 스스로를 탐색하고 세계와 소통할 수 있는 내적 공간 등을 포함한다.

글쓰기는 곧 자기와의 대화를 통해 스스로를 알아 가는 과정이다. 타인과의 대화가 아닌 자신과의 대화에 집중함으로써 자아를 강화하고, 글쓰기를 통해 생각과 감정을 분리함으로써 좀 더 객관적으로 자신을 돌아보는 계기를 마련할 수 있다. 때문에 팬데믹 시대의 글쓰기는 분명 큰 의미가 있다. 거리두기로 인해 타인과의 만남과 소통이 제한되는 시대, 집 안에만 머물러 있는 시간이 증가하는 시대, 마스크 착용으로 인해 상대방의 표정을 읽을 수 없는 답답한 대화가 지속되는 시대. 소통의 단절로 인한 우울함과 고립감을 느끼는 대신 조용한 공간에서 진행하는 자신과의 대화, 자기정체성에 대한 탐구는 대학생들의 자존감을 높여 줄 뿐만 아니라, 팬데믹 시대를 생산적이고 지혜롭게 극복해 나가는 하나의 방안이 될 수 있다.

따라서 본 장에서는 '공간을 주제로 한 글쓰기'를 통해 20대 대학생들로 하여금 '공간의 중요성과 소중함, 공간의 가치'에 대한 깨달음을 유도하는 동시에, 글쓰기치료의 과정과 원리를 직접 체험해 보고 자신의 내면을 다루는 방법에 대해 생각해 봄으로써 '글쓰기의 중요성', '글쓰기의 의미와 치유적 가치' 등을 확인할 수 있는 글쓰기치료 모형과 사례를 제시하고자 한다.

공간을 주제로 한 글쓰기치료 모형

본 글쓰기치료 모형은 2021년 2학기 강원대학교 춘천캠퍼스 인문예술치료학과 전공 교과목인 〈글쓰기치료〉 수강생 18명을 대상으로 진행하였다. 계속되는 코로나19의 확산으로 대부분의 교과목이 비대면 수업으로 진행되었지만, 본 수업은 19명 정원의 절대평가 교과목으로 개설하여 대면 수업을 실시하였다. 〈글쓰기치료〉 과목의 특성상 30명 이상 상대평가 교과목으로 수업을 개설할 경우, 학생들은 학점에 대한 부담감 때문에 내면의 솔직한 글보다는 과장되거나 정제된 글을 쓰게 된다. 교수자 또한 학생들이 쓴 개인적이고 비밀스러운 글들을 점수로 평가하는 것에 여러 가지 어려움이 따른다. 때문에 본 교과목은 소수의 절대평가 교과목으로 개설하였고, 학기 초에 학생들에게 '잘 쓴 글'이 아닌, '성실하게 쓴 글', '진솔하게 쓴 글'의 중요성을 강조하였다. 매 차시 진행되는 글쓰기가 점수로 평가되지 않는다는 점, 함께 수업을 듣는 학생들이 경쟁 상대가 아니라 똑같은 주제를 놓고 고민하는 또래라는 점은 수강생들로 하여금 자유롭고 편안한 분위기에서 자신만의 글쓰기에 집중하게 하는 바탕이 되었다. 공간을 주제로 한 글쓰기치료 수업 모형은 글쓰기치료의 4단계 치료 과정에 따라 4차시 과정으로 구성하였다. 목적과 쓰임, 그리고 교수자에 따라 차이가 있겠지만, 일반적으로 글쓰기치료는 〈표 3〉의 네 가지 단계로 진행된다.

---

19 채연숙, 《글쓰기치료》, 108쪽.

| 표 3 | **글쓰기치료의 과정**[20]

4단계 치료 과정		
1단계	도입 단계	과제 제시 및 웜업
2단계	실행 단계	과제 해결 및 수행
3단계	방향 설정 및 통합 단계	격려 및 지지
4단계	새 방향 설정 단계	삶의 전환 및 변화 시도

글쓰기치료의 4단계 과정을 바탕으로 4차시의 수업 모형을 설계하였다. 본 수업 모형을 적용하기에 앞서, 1~3주차에는 글쓰기치료의 정의, 글쓰기치료의 역사, 글쓰기치료의 이론적 배경, 글쓰기치료의 원리 등 글쓰기치료의 기초가 되는 이론을 학습·실습하고, 이를 통해 학생들과 충분한 라포rapport를 형성하였다. 본 과목은 3학점 과목으로 매주 3시간의 수업이 진행되었는데, '공간을 주제로 한 글쓰기치료 모형'은 90분으로 구성하여 4주차에서 7주차까지 4차시 동안 진행하였다. 각 주차별 수업 전개 과정은 〈표 4〉와 같다.

글쓰기치료에서 첫 번째 도입 단계는 글쓰기 과정을 명료화하고, 편안한 글쓰기 분위기를 조성하는 등 본격적인 글쓰기에 앞서 웜업warm up하는 단계이다. 1차시에는 학생들에게 글쓰기치료의 매체(공간, 문자, 소리, 몸, 그림 등)를 소개하고, 그중 글쓰기치료에 필요한 장소로서의 공간(물리적 공간), 글쓰기의 바탕이 되는 개인 내면의 공간, 노트·종이 등의 표현 공간에 대해 살펴보는 등 '글

---

20   김춘경 외, 《상담의 이론과 실제》, 학지사, 2020, 76~77쪽 참조.

| **표 4** | 주차별 수업 전개 과정

차시	글쓰기치료 과정	세부 활동	관련 교과 내용
1~3주		• 오리엔테이션 • 글쓰기치료의 역사 • 글쓰기치료의 정의 • 글쓰기치료의 이론적 배경 • 글쓰기치료의 원리	
4주 (1차시)	도입	**무의식 속 공간에 대한 탐색** • 글쓰기치료의 공간(장소로서의 공간, 내면의 공간, 표현 공간)에 대해 이해 한다. • '체베나 쓰기'를 통해 무의식 속 나 의 공간에 대한 인식을 탐색한다.	• 글쓰기치료 과정과 방법 • 글쓰기치료의 매체-공간
5주 (2차시)	실행	**나의 기억 속 토포필리아 탐색** • 토포필리아의 정의 · 의미에 대해 이해한다. • '나의 기억 속 토포필리아'에 대한 글쓰기를 통해 유년 시절의 공간 에 대한 기억, 추억, 생각과 느낌 등을 자유롭게 떠올려 본다.	• 글쓰기치료 과정과 방법 • 글쓰기치료의 실제
6주 (3차시)	방향 설정 및 통합	**토포필리아의 공유를 통한 공간의식 확장** • 토포필리아에 대한 친구들의 발표 를 들으며, 머릿속으로 그 공간을 그려 보고 함께 체험해 본다. • 나의 기억 속 유사한 공간과 사건 을 떠올려 본다. • 공간에 대한 깊이와 이해를 확장 한다.	• 글쓰기치료 과정과 방법 • 글쓰기치료의 활성화 기술
7주 (4차시)	새 방향 설정	**현재 나에게 의미 있는 공간 찾기** • '현재 나에게 가장 의미 있는 공간' 에 대한 글쓰기를 통해 '공간의 중 요성과 가치' 등을 탐색한다. • 공간에 대한 글쓰기가 삶에 미칠 수 있는 영향, 글쓰기 소감 등을 적어보고, '글쓰기의 중요성과 치 유적 가치'를 탐색한다.	• 글쓰기치료 과정과 방법 • 글쓰기치료의 효능

쓰기치료의 공간'에 대해 다루었다. 그 후 글쓰기 활동으로 '체베나 쓰기'를 제시하였다. 체베나는 7행으로 구성된 네덜란드의 시 형식으로, 각 행마다 정해진 양식이 있기 때문에 시 쓰기를 처음 접하는 사람들도 낯설어하거나 어려워하지 않고 쉽게 시를 완성할 수 있다. 체베나 쓰기를 택한 이유는 형식이 단순할 뿐만 아니라, 첫 행의 조건이 '공간(장소)'으로 시작하기 때문이다. 체베나의 형식과 예시(학생들이 쓴 글)는 〈표 5〉와 같다.

| 표 5 | **체베나의 형식과 학생의 글**

체베나 형식

1행: 공간(장소)
2행: 행위(행동, 움직임) '나'로 시작하는 문장
3행: 의문이나 비교
4행: 3행의 내용을 좀 더 세밀하게
5행: 4행의 내용을 좀 더 세밀하게
6행: 1행과 같게
7행: 2행과 같게

⇩

집에서 나는 침대에 누워 있다. 내일은 꼭 아침에 일어날 수 있을까? 밤낮이 바뀌어 잠이 오질 않는다. 다시 한 번 침대 이불 속을 뒤척인다. 집에서 나는 침대에 누워 있다.	철썩철썩 매서운 파도가 치는 겨울바다 나는 카페에 앉아 커피를 마시며 바다를 보고 있다. 나는 무슨 생각을 하고 있을까? 나는 지금 잘하고 있는가, 무엇이 문제일까? 오늘 나는 무엇을 비워 내고, 무엇으로 채워 가려고 이곳에 왔을까? 철썩철썩 매서운 파도가 치는 겨울바다 나는 카페에 앉아 커피를 마시며 바다를 보고 있다.
예시1: 학생 A의 글	예시2: 학생 B의 글

팬데믹 시대, '공간'을 주제로 한 글쓰기치료 |

글쓰기치료에서 많이 의지하는 영역은 프로이트의 정신분석학이다. 무의식적 욕망과 소망, 불안과 결핍 등이 글로 표출되고, 나아가 문학작품으로 승화한다고 보기 때문이다. 무의식은 인간 정신의 가장 깊고 중요한 부분이며 개인의 행동을 이해하는 단서가 된다. 그리고 무의식의 의식화를 통해 그 내용과 과정을 분석하는 것이 정신분석의 핵심이다. '공간(장소)'에서의 행위로 구성되는 체베나 쓰기는 학생들로 하여금 무의식 속 가장 의미 있는 공간, 현재 학생들의 리비도가 가장 많이 투영되어 있는 공간들을 확인하고 그 이유를 탐색하도록 유도할 수 있다. 특정 장소가 자신의 글로 표현된 이유를 스스로 찾아보고, 그 공간에 투영된 자신의 생각과 감정 등을 확인함으로써, 현재 자신이 욕망하는 것, 자신에게 결핍되어 있는 것 등을 탐색할 수 있다.

글쓰기치료의 두 번째 단계인 실행 단계는 적극적인 글쓰기를 수행하는 단계이다. 다양한 종류의 글쓰기를 통해 과거의 기억을 환기하거나, 억압된 감정을 표출하는 등 글쓰기에 가장 몰입하고 집중하는 단계이다. 2차시에는 '나의 기억 속 토포필리아'라는 주제로 글쓰기 작업을 수행하였다. 이에 앞서 학생들에게 '토포필리아topophilia'의 정의와 그 의미에 대하여 설명하였다. 토포필리아는 '개인적이고 심오하게 의미 있는 장소와의 만남'[21]이다. 토포필리아는 시간적으로나 공간적으로 그 대상과 멀리 떨어져 있을 때 기억 또는 회상을 매개로 재현된다. 학생들의 이해를 돕기 위해 교

[21] 에드워드 렐프, 《장소와 장소상실》, 93쪽.

수자의 토포필리아와 그곳에서의 특별한 경험, 그곳의 풍경과 냄새·소리 등을 예로 들어 설명하며, 학생들이 자신만의 토포필리아를 떠올리고, 오감을 활용한 기억을 환기할 수 있도록 유도하였다. 그 다음 학생들에게 따뜻한 느낌을 주는 밝은 노란색의 한지(A4 용지)를 나누어 주고, 자신의 기억 속 아련한 토포필리아와 그 공간에서의 추억, 특별한 사건, 생각과 느낌(시각, 청각, 촉각, 후각 등) 등에 대한 자유로운 글쓰기를 진행하였다.

글쓰기치료의 세 번째 단계는 방향 설정 및 통합 단계이다. 이 단계에서는 집단원과의 피드백과 셰어링 과정을 통하여 서로를 격려하고 지지함으로써, 자신의 왜곡된 사고를 교정하거나 자아를 강화할 수 있다. 글쓰기치료에서 함께하는 집단원의 역할은 매우 중요하다. 집단 내에서 집단원들은 건강한 타자의 역할을 함으로써 참여자를 지지해 줄 수 있으며, 집단의 공동 의식과 공감을 형성하는 데 도움이 되기 때문이다. 3차시 수업에서는 학생들에게 지난 시간에 쓴 '나의 기억 속 토포필리아'에 관한 글을 '자율적으로' 발표하도록 하였다. 다른 사람에게 자신의 가정사나 상처 등을 밝히고 싶어 하지 않는 학생들도 있기에, 발표는 선택임을 강조하였다. 발표를 시작하기 전, 학생들에게 친구의 발표를 들으며 머릿속으로 친구의 공간을 그려 보고 그 공간을 함께 체험해 볼 것, 자신의 기억 속에 유사한 공간과 사건을 있다면 떠올려 볼 것을 권유하였다. 자신의 공간뿐만 아니라 친구들의 발표를 통해 다양한 공간들을 체험해 봄으로써, 공간의 깊이와 이해를 확장하고, 공간의 다양성과 가치 등을 깨닫도록 유도하기 위함이다. 이후, 어둡고 조용한 분위기를 조성한 후 자율적으로 발표를 진행하였다. 학생들은 서로의 발표를 통해 토포필리아의 기억을 공유하고, 타인의 느낌과 정서에 공감함으로써 공간에 대한 이해와 확장은 물론, 글쓰기치료에서 집단원의 역할과 중요성, 글쓰기치료의 활성화 기술 등에 대한 이해도 확장할 수 있다.

글쓰기치료의 마지막 단계는 새 방향 설정 단계로, 글쓰기를 통해 스스로를 되돌아보고 자기정체성을 강화함으로써 삶의 전환 및 변화를 시도하는 단계이다. 그동안의 글쓰기 활동을 통해 발견한 자신의 무의식적 욕망과 외면해 왔던 삶의 문제들, 자신만의 강점과 자신에게 주어진 자원 등을 되돌아보고, 이를 바탕으로 삶을 개선해 나가기 위한 변화의 기틀을 마련할 수 있다. 따라서 마지막 4차시에는 '현재 나에게 가장 의미 있는 공간'에 대한 글쓰기를 진행하였다. 지금까지의 공간에 대한 탐색과 이해를 바탕으로, 현재 나에게 가장 위안이 되고 힘이 되는 공간, 나에게 가장 의미 있고 소중한 공간을 찾아보고, 그 이유에 대하여 글을 써 보도록 하였다. 이를 통해 억압과 고립, 지루함과 외로움 등 팬데믹 시대의 공간이 주는 부정적 이미지에서 벗어나 따뜻함과 포근함, 소중함과 감사함 등 공간의 긍정적 가치와 의미들을 스스로 성찰할 수 있도록 유도하였다. 그리고 마무리 활동으로 '공간을 주제로 한 글쓰기'가 각자의 삶에 미칠 수 있는 영향과 활동 소감에 대한 자유로운 글쓰기를 진행하였다. 이러한 과정 속에서 학생들이 글쓰기의 중요성과 치유적 가치 등을 충분히 이해하고, 글쓰기에 좀 더 친숙함을 느낄 수 있기를, 어려움에 직면할 때마다 글쓰기를 유용하게 사용할 수 있기를 기대하며 마지막 4차시 수업을 마무리하였다.

공간을 주제로 한 글쓰기치료 사례[22]

팬데믹 시대, 공간에 대한 인식 탐색

매주 1시간 반(90분)씩 4차시 동안 진행된 공간을 주제로 한 글쓰기치료 수업에서 가장 먼저 확인할 수 있었던 것은 팬데믹 시대, 학생들의 공간에 대한 인식이다. 매 차시 수업에서 학생들의 공간의식을 탐색할 수 있었지만, 특히 1차시에 진행된 '체베나 쓰기'와 4차시에 진행된 '현재 나에게 의미 있는 공간 찾기' 활동을 통해 '팬데믹 시대' 20대 대학생들의 공간의식을 살펴볼 수 있었다. 앞에서도 언급했듯 '공간(장소)'에서의 행위로 시작하는 체베나는 학생들의 무의식 속 가장 의미 있는 공간, 현재 학생들의 리비도가 가장 많이 투영되어 있는 공간과 그 의미를 탐색할 수 있다. 코로나19가 이전 1학년 학생들을 대상으로 한 기초교양 글쓰기 수업에서도 매 학기 체베나 쓰기를 진행하였는데, 많은 학생들이 '강의실에서', '교실에서', '학교에서' 등 현재 자신이 위치하고 있

---

22 사례로 제시된 학생들의 글은 사전에 학생들에게 본 연구의 취지와 목적을 충분히 설명하고 동의를 구한 후에 수록한 것임을 밝힌다. 18명의 수강생 중 1명을 제외한 17명이 동의하였으며, 개인정보는 기록하지 않을 것임을 강조하였다.

는 물리적 공간으로 체베나를 시작하였다. 그러나 흥미롭게도 팬데믹 이후 진행한 글쓰기치료 수업에서는 대면 수업을 진행했음에도 불구하고, 현재 자신이 위치한 강의실·학교 등의 물리적 공간을 언급한 학생이 단 한 명도 없었다. 글쓰기치료 수업에 참여한 18명의 학생들이 주로 언급한 공간은 집·자취방·독방·침대 등의 개인적이고 밀폐된 공간이었으며, 그중 가장 많이 언급된 공간은 자신의 '방', 자신의 '침대'였다.

자취방에서 나는 블로그 포스팅을 한다. 무슨 글을 써야 하지? 어떻게 써야 사람들이 많이 유입될까? 저번에 다녀온 부산여행에 대해 글을 써야겠다. 자취방에서 나는 블로그 포스팅을 한다.	침대 위에서 나는 휴대폰을 하고 있다. 정말 할 일이 없는 것일까? 복습도 해야 하고, 책도 읽기로 했는데… 침대 위에서 나는 휴대폰을 하고 있다.
학생 D의 글	학생 G의 글

인간은 자기 자리, 자신만의 공간을 가질 때 심리적 안정감을 경험한다. 시간은 지배할 수 없지만, 공간은 소유함으로써 얼마든지 컨트롤이 가능[23]하기 때문이다. 눈에 보이지 않는 바이러스와 감염의 위험, 기약 없는 종식 등 불안정하고 불안한 요소들이 즐

---

23 지구상의 유한한 공간 중, 내가 어느 자리를 차지할 수 있다는 것은 시간과 공간 중에서 공간을 확보하는 일이며, 시간은 지배할 수 없지만 공간은 소유함으로써 컨트롤이 가능하다. 삶이라는 것은 항상 불안하고 변화의 요소가 많다. 힘을 가진 사람들은 이 불안 요소를 줄이는 쪽으로 시스템을 구축해 간다. 인간은 언제나 불안한 세상에서 안정감을 추구하는데, 불안정한 세상에서 공간을 소유함으로써 일정 부분 안정감을 확보할 수 있다. 유현준, 《공간의 미래》, 을유문화사, 2021, 135~136쪽.

비한 팬데믹 사회에서 자신만의 공간을 소유하는 것은 위험 요소로부터 자신을 보호해 주는 것은 물론, 심리적 안정감을 제공하며 삶을 추동할 수 있는 기반이 되어 준다. 때문에 학생들은 현재 자신이 위치하고 있는 곳, 자신이 행동하고 있는 물리적 공간을 떠올리는 대신 자신의 집, 자신의 방, 자신의 침대 등 현재 많은 시간을 소비하고 심리적인 안정감을 주는 자신만의 공간을 떠올린다. 4차시에 진행한 '현재 나에게 가장 의미 있는 공간 찾기'를 통해서도 이를 확인할 수 있다.

요즘은 행동 반경이 정말 좁아졌기에 현재 내 공간이라 불릴 수 있는 공간은 내 방뿐인 것 같다. 내 방은 나에게 가장 많은 감각을 느끼게 해 주고, 나와 많은 감정을 공유했으며, 나에게 많은 영감을 주는 공간이다. 엄마, 아빠 몰래 울고 싶을 때 우는 공간이면서, 땀 흘려 과제하고, 홈트레이닝하는 공간이기도 하고, 새벽이면 계절에 따라 귀뚜라미 소리, 개구리 소리, 낙엽 소리, 자동차 달리는 소리 등 다양한 소리들을 명백히 느끼게 해 주는 고마운 공간이다. 눈을 감고 침대에 누워 열린 창문 틈 사이로 선명하게 전해지는 그 소리들은 일상의 소리임에도 불구하고 왠지 생경하고 낯설어 다양한 감각이 자극 받는, 새롭고 신비한 느낌이 든다. 생각이 많아지고 아름다운 문장이 떠오르기도 하는 곳은 현재 내 방이다.

(학생 I의 글)

현재 '나의 공간'이라 할 수 있는 곳은 내 방 침대이다. 왜냐하면 요즘 내가 가장 많은 시간을 보내는 공간이기도 하고, 또 가장 편안함을 느끼는 공간이기 때문이다. 따뜻하고 포근한 이불 속에 누워 있으면 안정감을 느끼기도 하고, 또 기분이 좋아지기 때문에 이 공간이 좋고 마음에 든다. 한편, 지금 나에게 가장 '의미 있는 공간'이라고 할 수 있는 곳은 책상이다. 왜냐하면 요즘 나는 책상에 앉아 새로운 내일의 내가 되고 있기 때문이다. 새로운 프로젝트를 기획하거나, 진행 중인 프로젝트를 작업하는 등 어제와는 또 다른, 어제에는 없었던 새로운 나를 만들어 가고 있다. (학생 H의 글)

요즘 내게 가장 의미 있는 공간은 내 원룸이다. 처음 혼자 살아보는 것이고, 모든 것을 나 혼자 감당해야 해서 힘들 때도 있지만 아무도 없이 혼자 있는 고요함이 나에게는 안정감을 주고 힘을 주는 것 같다. (학생 M의 글)

팬데믹 시대, 20대 대학생들에게 가장 의미 있는 공간 또한 체베나 쓰기에서 드러난 것과 마찬가지로 '자신의 방'이다. 이때 밀폐된 공간인 '방'은 억압과 단절·외로움의 공간이 아닌, 다양한 감각과 삶의 영감을 제공하는 '감사'의 공간, 마음의 위안과 힘을 제공하는 '안식과 격려'의 공간, 더 나은 내일을 준비하는 '충전'의 공간이다. 학생들은 사회적 거리두기로 인해 타인과의 만남과 소통이 제한된 현실 속에서 무기력하고 수동적으로 시간을 소비하기보다는, 주어진 환경 안에서 스스로를 격려하며 능동적으로 자신의 미래를 설계하고 있다. 현재의 상황을 탓하거나 부정하는 대신 자신만의 공간에 감사함을 느끼며, 더 가치 있고 의미 있는 자신만의 공간을 만들어 나가고 있다.

　이처럼 4차시 동안 진행된 글쓰기는 학생들로 하여금 팬데믹 시대 자신의 리비도가 가장 많이 투영되어 있는 공간을 발견하고, 그 공간에 대해 적극적으로 사유함으로써 새로운 정체성을 부여하게 한다. 이러한 과정 속에서 밀폐와 억압으로 상징화된 코로나 시대의 공간은 활기와 생명력의 공간, 애착과 성장의 공간으로 재탄생하게 된다.

토포필리아를 통한 공간의 가치와 중요성 탐색

이-푸 투안은 '공간의 깊이에 가치를 더하는 것은 시간'[24]이라고 말한다. 현재의 시점에서 떠올리는 과거의 공간에 대한 기억, 자신의 추억 속 어딘가에 저장되어 있는 토포필리아에 대한 탐색은 당시에 인지할 수 없었던 새로운 감각들과 새로운 의미들을 포착하게 한다. 2차시에 진행한 글쓰기 '나의 기억 속 토포필리아'는 그동안 잊고 살았던 자신만의 소중한 공간, 그 공간을 둘러싼 배경과 그 공간에서 함께했던 사람들, 그 공간에서의 느낌과 감정들에 대한 학생들의 기록이다. 학생들은 과거에 살았던 집과 마당, 시골 할머니 집의 다락, 유년 시절 친구들과 함께 놀던 놀이터, 가족과 함께 갔던 여행지 등 자신의 기억 속 아련하게 남아 있는 추

24　이-푸 투안,《공간과 장소》, 345쪽.

억의 공간들을 떠올렸다. 뿐만 아니라 재수 생활을 할 때 매일 걸었던 길, 자신이 처음 아르바이트를 했던 카페 등 힘들었던 시절 자신에게 위안이 되었거나 자존감을 느꼈던 개인만의 특별한 공간들을 떠올렸다. 기억을 통해 재구성된 토포필리아는 그동안 축적된 삶의 경험과 환상, 상상력 등이 덧붙어 보다 풍성한 의미를 더해 준다. 학생들은 그 기억을 통하여 따뜻함과 평온함, 삶의 만족감 등을 경험할 수 있다.

어릴 적 매달 한 번씩 '자월도'라는 섬에 갔다. 갈 때마다 똑같은 자리, 똑같은 환경이었다. 하지만 그 자리에서 듣던 매미 소리, 파도 소리, 바람에 흔들리는 나뭇잎 소리가 너무 좋았다. 그때는 매미 소리가 들리면 소리 나는 쪽으로 가서 매미도 잡고 파도 소리가 들리면 바다에 들어가서 놀고, 햇빛이 좋으면 흰색 고운 모래 위에서 일광욕하는 것이 나에겐 큰 행복이었다. 매미 소리, 메뚜기 소리를 들으며 잠을 자고 일어나서 먹는 라면의 맛 또한 잊지 못할 것이다. 지금은 코로나로 갈 수 없지만, 가끔 그때를 떠올리며 깊은 생각에 빠질 때가 종종 있다. (학생 H의 글)

나에게 애착이 스며 있는 장소는 가족이 모두 함께 살던 예전 집이다. 유독 그 장소를 잊지 못하는 이유는 아마도 아빠에 대한 그리움 때문일 것이다. 그 집에서 가장 기억에 남는 건 TV를 보며 소파에 누워 있던 아빠와 그 옆에 딱 달라붙어 있던 어린 시절 나의 모습이다. 그런 소소한 행복이 얼마나 소중한 것인지 다 크고

나서야 깨달았다. 항상 엄마만으로 난 행복하다고 말하지만 사실은 아빠의 빈자리가 너무 그립다. 나는 내 자신이 그리워한다는 걸 알면서도 티 내지 않기 위해 애써 괜찮아라고 말하며 스스로의 상처를 감춘다. 가끔 이런 내 자신이 안쓰럽기도 하지만 그래도 아빠를 추억하고, 같이 살던 그 집을 추억할 수 있는 기억이, 또 공간이 있어 정말 다행이다. (학생 O의 글)

위의 글을 통해 확인할 수 있듯 토포필리아에 대한 글쓰기에 드러난 주된 정서는 '행복감'과 '그리움'이다. 학생들은 글쓰기를 통해 가장 즐겁고 행복했던 순간들을 추억하지만, 동시에 다시 돌아갈 수 없는 과거에 대한 아쉬움과 그리움이 글 속에 자리 잡고 있다. 그러나 이때의 그리움은 후회나 좌절감이 아닌 감사함과 따뜻함이며, 앞으로의 삶을 긍정하고 추동해 나갈 수 있는 자양분이 된다. 더불어 공간에 대한 글쓰기는 과거의 공간에 함께했던 사람들, 당시의 특별한 사건과 그 공간의 분위기를 함께 나누었던 사람들과의 관계에 대한 성찰을 포함한다. 비록 지금은 함께할 수 없거나 이전의 관계를 회복할 수 없는 사람일지라도 과거의 행복했던 기억 속에서 고통과 상처의 의미는 퇴색되고, 그리움과 행복감은 강화된다. 이처럼 토포필리아에 대한 글쓰기는 학생들로 하여금 잊고 있었던 기억과 감정들을 되살아나게 하며, 공간에 대한 깊은 유대감과 긴밀한 애착을 통해 공간의 중요성과 공간의 가치를 깨닫게 한다. 쉽게 생성되고 쉽게 사라져 버리는 가상세계의 공간과는 대비되는, 영속적이고 따뜻한 공간에 대한 깨달음이다.

공간에 대한 글쓰기를 통해 당연하다고 생각하고 지나쳤던 것, 크게 의식하지 못하고 있던 것들의 중요성을 깨닫게 되었다. 특별한 장소, 특별한 사람, 값비싼 물건이 아니더라도 손쉽게 찾을 수 있는 곳에서 내가 많은 힘을 얻고 있다는 것을 느꼈다. 그리고 장소를 떠올리기만 했는데도 미처 다 적을 수 없을 만큼 많은 기억이 떠올라서 신기했다. 앞으로는 내 삶의 일부를 쉽게 지나치지 말고, 그 시간의 의미를 부여하며 삶을 기억하는 태도로 살아가야겠다. (학생 I의 글)

결혼식장, 장례식장 등 장소에 특정한 목적이나 감정을 부여하는 것이 인위적이고 고리타분하다고 생각했다. 그러나 특정한 공간에서 많은 사람이 감정을 공유하고 서로 공감함으로써 감정이 더 강화되기도 한다. 또한 공간에서 특별한 경험을 함으로써 나만의 감정을 갖게 되는 것이 오래도록 기억에 남아 나의 삶을 특별하게 만들 것이라는 생각이 든다. (학생 F의 글)

공간이 개인의 추억을 간직해 주고, 마음의 힘이 되어 준다는 것을 느꼈다. 왠지 내 삶이 더 따뜻해지고 특별해진 기분이 든다. 그래서 공간의 힘이 대단하다는 것을 알게 되었다. 앞으로도 내 삶을 더 값지고 풍요롭게 만들어 줄 것 같다. (학생 D의 글)

위의 글들은 4차시 동안 진행된 공간에 대한 글쓰기를 마무리하며 학생들이 작성한 소감문 중 일부이다. 많은 학생들이 공간을 주제로 한 글쓰기를 통해 너무나도 당연하게 생각하여 그동안 놓쳐 왔던 공간의 소중함을 깨닫게 되었음을, 공간이 제공하는 휴식과 편안함, 공간이 지니는 치유적 힘을 확인하게 되었음을 고백하고 있다. 더불어 기존에 자신이 지니고 있던 공간의식을 반추함으로써 공간에 대해 재정의 내리기도 하고, 공간에 대한 탐색이 앞으로 자신의 삶에 미칠 영향 등을 스스로 예측해 보기도 한다. 나아가 공간의 중요성과 가치에 대한 깨달음을 바탕으로 앞으로의 삶의 자세와 다짐 등을 되새기기도 한다.

지금까지 확인하였듯 공간은 우리의 기본 욕구가 받아들여지는 곳이며, 안락함과 정신적 위안을 제공하는 곳이자 삶의 활력을 불어넣는 곳이다. 공간에서의 경험은 일시적이고 순간적이지만, 공간에 대한 기억은 사라지지 않고 영속적으로 남아 학생들의 삶에 치유적·긍정적 영향을 미칠 수 있을 것이다.

공간의식 확장을 통한 자아 발견 및 자기성찰

인간의 모든 삶은 특정한 공간 안에서 이루어지며, 똑같은 공간에 있더라도 개인이 살아왔던 삶의 경험과 기억, 개인의 성격과 취향 등이 개입하여 제각기 다른 공간의 의미들을 생성한다. 공간空間이라는 한자어가 함축하고 있듯, 공간은 텅 비어 있는 곳이며 개인에 따라 새로운 의미들로 채워지고 비워지기를 반복하는 것이다. 때문에 수업 시간에 친구들의 발표를 통해 공유하는 공간에 대한 기억은 학생들로 하여금 무의식 속에 잊혀져 있던 개별적인 공간들을 떠올리게 하고, 다양한 공간들에 자신만의 새로운 정체성을 부여함으로써 공간에 대한 이해와 깊이를 확장시킨다. 확장된 공간의식을 바탕으로 학생들은 현재 자신에게 가장 의미 있고 소중한 공간이 어딘지를 탐색할 수 있다. 자신이 그 공간을 선택한 이유가 무엇인지, 그 공간의 역할을 무엇이며, 나만의 공간이 지니는 특별한 의미와 가치는 무엇인지 등을 4차시 활동인 '현재 나에게 의미 있는 공간 찾기'를 통해 고민해 봄으로써 나에게 어울리는 공간의 조건, 내가 애착을 갖는 공간의 특징 등을 살펴볼 수 있다. 공간은 개인의 의도와 목적, 태도와 경험 속에서 인식되는 것이다. 때문에 학생들은 공간을 탐색하는 과정 속에서 그동안 발견하지 못했던 자신의 성향 및 습관, 삶을 대하는 자신의 태도와 가치관 등을 발견할 수 있다.

어렸을 때부터 나는 참 혼자인 걸 즐기면서도 완전히 고립되는 것을 무서워하는 사람이었던 것 같다. 피아노 학원도, 발레 교실도, 내 방도 어느 정도 '나'만의 공간과 시간을 존중해 주면서, 얼마든지 외부의 세계로 돌아가 '다 함께'의 감각을 느끼게 해 줄 수 있는 공간이라는 점에서 나는 참 겁도 많고 애정을 원하면서도 모두 내팽개치고 싶어 하는 욕망을 가진, 욕심쟁이에 다각적인 사람인 것 같다. 내가 어떤 인물인지, 내게 필요한 거리감은 어느 정도인지 새삼 실감할 수 있었다. (학생 J의 글)

공간에 대한 글쓰기를 하며 나의 성향을 다시 한번 생각해 볼 수 있었다. 주로 혼자, 혹은 가족과 함께하는 곳이 글쓰기에 등장했는데 이를 통해 조용하고 편안한 분위기를 추구하는 나의 성향을 다시 한번 생각하게 되었다. (학생 C의 글)

나의 추억과 관련된 공간, 나에게 의미 있는 공간, 내가 현재 가장 많이 머무르는 공간을 떠올려 보고 또 그런 공간에 대해 서술해 보니, 자연스레 과거의 나를 회상해 보고, 현재의 나에 대해 생각해 볼 수 있었다. 그래서 어린 시절과 비교해 내가 참 많이 컸다는 것을 새삼 느끼게 되었고, 반대로 어린 시절의 해맑음을 닮고 싶다는 생각도 들었다. (학생 H의 글)

학생들의 글쓰기를 통해 확인할 수 있듯, 공간에 대한 탐색은 곧 자기 자신에 대한 탐색을 의미한다. 공간은 움직일 수 있는 능력에 의해 주어지며, 목적이 있는 움직임과 감각적 인식을 통해 우리는 공간 속에서의 친밀한 세계를 경험하므로, 공간에는 개인의 욕망과 정체성 등이 투영되게 된다. 공간에 대한 글쓰기는 자신의 성격과 특징 등에 관한 직접적인 글쓰기가 아니라, 공간을 매개로 하여 간접적으로 자신의 모습을 성찰하게 하는 글쓰기이다. 적극적인 사고를 통해 의도적으로 자신의 모습을 구현해 내는 것이 아닌, 공간에 대한 기억과 공간을 둘러싼 관계들을 바탕으로 자연스럽게 자신의 모습을 발견하도록 하는 글쓰기이다. 때문에 학생들은 공간을 주제로 한 글쓰기 과정에서 자신의 욕망과 결핍, 자신의 성향과 장단점 등을 파악할 수 있으며, 과거의 공간 속 나와 현재의 나를 비교함으로써 미래의 나를 설계할 수 있다. 공간은 친밀한 보살핌의 영역이며, 세계와 관계 맺는 소통의 영역이다. 학생들은 편안하고 안전한 글쓰기 공간 안에서 스스로의 삶을 차분히 성찰함으로써, 자신의 존재감을 확인하고 자아를 강화시킬 수 있으며, 현재보다 나은 자신의 미래를 설계할 수 있다.

글쓰기의 중요성 및 치유적 가치 발견

지금까지 살펴보았듯, 4차시 동안 진행된 공간을 주제로 한 글쓰기 활동은 팬데믹 시대 공간의 중요성과 가치를 일깨우는 한편, 현재의 자신을 긍정하고 자기 자신에 대해 성찰할 수 있는 계기를 마련해 준다. 더불어 글쓰기의 중요성과 글쓰기의 치유적 효과 또한 경험할 수 있게 한다. Z세대,[25] 디지털 원주민이라 불리는 현재의 대학생들은 카카오톡 메신저, 트위터, 페이스북 등의 온라인 글쓰기에 익숙해져 있다. 디지털 공간에서의 글쓰기는 일회적이고 즉각적이므로 자신에 대한 깊이 있는 고민과 성찰을 전제하지 못한다. 반면 수업 시간에 실시한 공간에 대한 글쓰기를 통해 학생들은 안전하고 고요한 글쓰기 공간 안에서 자신의 생각과 감정

----

25 Z세대는 1990년대 중반에서 2000년대 초반에 태어난 젊은 세대를 이르는 말로, 어릴 때부터 디지털 환경에서 자란 '디지털 네이티브' 세대를 뜻한다. 인터넷과 IT 정보기술에 친숙하며, TV · 컴퓨터보다 스마트폰, 텍스트보다 이미지 · 동영상 콘텐츠를 선호한다. 아울러 관심사를 공유하고 콘텐츠를 생산하는 데 익숙하여 문화의 소비자이자 생산자 역할을 함께 수행하는 특징을 지닌다.

을 서술하고, 내면의 억압된 것들을 표출할 수 있다. 학생들은 무의식의 의식화 과정을 통해 그동안 자신이 외면하거나 억압해 왔던 생각과 감정을 마주하고, 자신과의 타협을 통해 상처받은 마음을 치유하고 스스로를 격려하기도 한다.

공간에 대한 글쓰기를 통해 외면했었던 기억과 감정을 비로소 마주 볼 수 있었다. 나의 경우, 돌아간 사람에게 마지막까지 좋지 않은 감정을 가지고 있어서, 관련된 추억이나 기억도 계속 나쁘게만 생각했었다. 그런데 이번 글쓰기를 통해서 최근의 그 사람에 대해 나쁘게 생각했을진 몰라도 그때의 기억과 추억을 애써 나쁘게 생각하지 않아도 된다는 생각이 들었다. 예전의 기억은 그때의 그 감정 그대로 두어도 괜찮다고 스스로에게 말할 수 있었던 기회였다. (학생 C의 글)

코로나19로 인해 나의 주 공간이 집으로 변하였다. 평소에 자주 매일같이 나가는 편은 아니었지만 그래도 일주일에 서너 번 정도는 나갔었는데 코로나19로 인해 일주일에 한두 번 나가는 것조차 두려워졌고, 나간다고 해도 들어갈 곳 없이 답답한 마스크를 항상 쓰고 다녀야 했다. 글쓰기를 통해 내 마음속에 담고만 있었던 말들, 생각들을 이렇게 글로 써서 뿜어낼 수 있어 좋았다. 마음속 응어리, 불만 등이 조금 씻겨 내려간 것 같다. 앞으로도 좋은 글쓰기를 쓸 수 있을 것 같아 기대가 된다. 다음에도 불만이 있거나 마음속에 담아둔 이야기가 있다면 이렇게라도 글로 써서 표현해야겠다. (학생 N의 글)

글쓰기는 실재의 사건과 상황, 자신의 감정들로부터 거리두기를 가능하게 함으로써 객관적으로 자신의 삶을 되돌아보고, 타인과의 관계를 성찰하게 한다. 위의 글에서 확인할 수 있듯, 학생들은 공간에 대한 글쓰기를 통해 현재 갈등 상황에 놓여 있는 타인과의 관계를 재정의하기도 하고, 코로나19로 인해 답답하고 괴로운 심정과 불만들을 글로 토로함으로써 자신의 감정을 정화하기도 한다. 그리고 이러한 효과들을 통해 글쓰기의 중요성과 필요성을 깨닫고, 글쓰기의 활용 가능성에 대해 스스로 언급하기도 한다.

환경의 변화처럼 공간의 변화로 나의 성격을 바꿀 수 있고 마음다짐도 할 수 있어서 정말 도움이 됐다. 평소에는 글을 잘 안 써서 이런 생각을 가지고 있는지 잘 몰랐는데 천천히 생각하면서 쓰니까 나의 성격도 파악되고, 내가 지금 지니고 있는 생각과 마음도 알 수 있어서 좋았다. (학생 A의 글)

글쓰기는 결국 자신과의 대화를 통해 스스로를 알아 가는 과정이다. 학생들은 안전한 글쓰기 공간에서 자신과의 대화에 집중함으로써 현재 자신의 문제를 파악하거나 자신의 심리적 상태를 점검할 수 있고, 글쓰기를 통해 생각과 감정을 분리함으로써 좀 더 객관적이고 새로운 시각으로 자신의 문제 및 행동을 바라볼 수 있다. 그리고 이 과정에서 마음이 편안해지고 자존감이 향상되는 것을 경험할 수 있다. 이처럼 공간을 주제로 한 글쓰기는 학생들로 하여금 '공간의 중요성과 소중함, 공간의 가치'에 대한 깨달음을 유도하는 동시에, 글쓰기치료의 과정과 원리를 직접 체험해 보고 자신의 내면을 다루는 방법에 대해 생각하게 함으로써 '글쓰기의 중요성', '글쓰기의 의미와 치유적 가치' 등을 확인할 수 있게 한다.

팬데믹 시대의 공간의식과 글쓰기의 치유력

지금까지 본 장에서는 첫째, 팬데믹 시대 사회적 거리두기와 관계의 단절 등으로 고립감과 우울감 등을 경험하는 20대에게 심리적인 도움이 필요하다는 점, 둘째, 팬데믹 시대 집 안이나 실내 공간에 머무는 시간이 크게 증가한 대학생들에게 '공간'에 대한 사유가 필요하다는 두 가지 문제의식을 바탕으로, 팬데믹 시대 '공간'을 주제로 한 글쓰기치료 수업 모형을 제시하였다. 4차시 동안 진행한 본 수업 모델은 글쓰기치료의 4단계 과정(도입→실행→방향 설정 및 통합→새 방향 설정)에 따라 고안된 모델로, 체베나 쓰기를 통한 무의식 속 공간 탐색(1차시), 나의 기억 속 토포필리아 탐색(2차시), 토포필리아의 공유를 통한 공간의식의 확장(3차시), 현재 나에게 가장 의미 있는 공간 찾기와 소감 쓰기(4차시)의 과정으로 진행하였다. 그 결과 다음과 같은 논의를 이끌어 낼 수 있었다.

첫째, 공간을 주제로 한 글쓰기는 팬데믹 시대 자신의 리비도가 가장 많이 투영되어 있는 공간을 발견하고, 그 공간에서의 행위와 의미를 탐색할 수 있게 한다. 학생들은 사회적 거리두기로 인해 타인과의 만남과 소통이 제한된 현실 속에서, 무기력하고 수동적으로 시간을 소비하기보다는 주어진 환경 안에서 스스로를 격려하며, 능동적으로 자신의 미래를 설계하고 있음을 스스로 확인할 수 있다. 이때, 밀폐와 억압으로 상징화된 팬데믹 시대의 공간은 활기와 생명력의 공간, 애착과 성장의 공간으로 재탄생하게 된다.

둘째, 토포필리아에 대한 글쓰기는 과거의 소중한 공간에 대한 기억과 감정들을 되살아나게 함으로써 공간의 중요성과 공간의 가치를 깨닫게 한다. 학생들의 글쓰기에 드러난 주된 정서는 '행복감'과 '그리움'이었다. 학생들은 공간에 대한 깊은 유대감과 긴밀한 애착, 공간에 대한 감사함과 따뜻함을 통해 앞으로의 삶을 긍정하고 추동해 나갈 수 있는 자양분을 얻을 수 있다.

셋째, 수업 시간에 발표를 통해 공유하는 공간에 대한 기억은 공간에 대한 이해와 깊이를 확장시키며, 확장된 공간의식을 바탕으로 현재 자신에게 가장 의미 있는 공간을 탐색할 수 있게 한다. 공간은 움직일 수 있는 능력에 의해 주어진다. 따라서 학생들은 공간에 대한 탐색을 통해 자신의 성격과 취향, 자신의 가치관과 삶의 태도 등을 스스로 성찰할 수 있다.

넷째, 공간에 대한 글쓰기는 안전하고 조용한 글쓰기 공간 안에서 내면의 억압된 것들을 자유롭게 표출하고, 자신의 생각과 감정을 정리하게 함으로써 글쓰기의 가치와 치유적 효과를 경험하게 한다. 이를 통해 학생들은 그동안 자신이 외면해 왔던 생각과 감정을 마주할 수 있으며, 자신과의 타협을 통해 상처받은 마음을 치유하고, 자신의 삶을 스스로 격려할 수 있다.

팬데믹 시대의 글쓰기는 분명 큰 의미가 있다. 거리두기로 인해 타인과의 만남과 소통이 제한된 시대, 집 안에만 머물러 있는 시간이 증가하는 시대, 소통의 단절로 인해 우울함과 고립감을 느끼는 대신, 조용한 공간에서 진행하는 자신과의 대화, 자기정체성에 대한 탐구는 대학생들의 존재감을 높여 줄 뿐만 아니라, 팬데믹 시대를 생산적이고 지혜롭게 극복해 나가는 하나의 방안이 될 수 있다. 더불어 공간에 대한 글쓰기는 코로나 시대 자신이 어떻게 시간과 공간을 소비하고 있는지에 대한 성찰을 포함한다. 실내에 머무는 시간이 증가하면서 일시적인 재미와 즐거움을 좇아 온라인 세계에 접속하는 시간이 길어진 학생들에게, 본 글쓰기치료 모형은 가상공간이 아닌 현실 공간에 주목하게 하고 자신이 점유하고 있는 생활공간에 애착을 부여하게 함으로써, 학생들의 주체성 형성에도 긍정적인 영향을 미칠 수 있다. 나아가 본 글쓰기치료 모형을 통해 학생들은 앞으로의 생활에서 삶의 위기와 심리적 어려움을 경험할 때, 글쓰기를 생산적이고 치유적으로 활용할 수 있는 자기 역량을 기를 수 있을 것이라 기대한다.

참고문헌

과학기술정책연구원,《포스트코로나 일상의 미래》, 청림출판, 2021.

김춘경 외,《상담의 이론과 실제》, 학지사, 2020.

오동섭, 〈코로나19 시대를 읽는 10가지 키워드〉,《선교와 신학》54, 장로회
　　신학대학교 세계선교연구원, 2021, 41~70쪽.

유현준,《공간의 미래》, 을유문화사, 2021.

채연숙,《글쓰기치료》, 경북대학교출판부, 2010.

마르쿠스 슈뢰르,《공간, 장소, 경계》, 정인모 외 옮김, 에코리브르, 2018.

미셸 푸코,《헤테로토피아》, 이상길 옮김, 문학과지성사, 2020.

앙리 르페브르,《공간의 생산》, 양영란 옮김, 에코리브르, 2019.

에드워드 렐프,《장소와 장소상실》, 김덕현 외 옮김, 논형, 2021.

이-푸 투안,《공간과 장소》, 윤영호 외 옮김, 사이, 2020.

제임스 페니베이커 외,《표현적 글쓰기》, 이봉희 옮김, 엑스북스, 2017.

국민건강보험공단 보도자료, 2021.4.6. https://www.nhis.or.kr/nhis/
　　together/wbhaea01600m01.do

중앙일보 보도자료, 2020.8.28. https://news.joins.com/article/23858904

한국건강증진개발원 보도자료, 2020.10.14. https://www.khealth.or.kr/boar
　　d?menuId=MENU00907&siteId=null

초연결시대 융복합 교육과
글쓰기치료

이 글은 2022년 3월 《인문과학연구》 제72집에 실린 원고를 수정하여 재수록한 것 이다.

초연결시대 대학의 역할과 융복합 교육

초연결시대Hyper-connected era가 도래하였다. 초연결시대에는 인간과 기계, 실재와 가상, 시간과 공간 등 기존의 경계와 질서들이 손쉽게 허물어지고, 매 순간 새로운 경계들이 생성된다. 초연결의 자장 안에서 가장 발 빠르게 변화하고 움직이는 분야는 막대한 이익과 경제가치가 창출되는 과학기술, IT산업 분야이다. 인공지능·사물인터넷·빅데이터·증강현실 등 삶의 편리성과 실용성을 강조하는 정보통신기술ICT: Information and Communications Technology은 다양한 분야, 새로운 영역의 기술들이 한데 융합하여 새로운 부가가치를 창출하고 있다. 산업기술 간의 경계 허물기를 넘어, 학문 간의 경계 허물기도 급물살을 타고 있다. 각 대학에서는 4차 산업혁명 시대를 대비하여 학과 간 전공을 허물고 새로운 융복합 연계전공 및 관련 교과목 개발에 박차를 가하고 있다. 창의성과 실용성을 강조한 교육 프로그램을 개발하고, 학제 간 융복합 교육, 현장·실무중심 교육, 지역 연계형 교육 등을 목표로 한 창의융합연계 과정들을 신설하고 있는 것이다. 물론 이러한 움직임은 정부 정책[1]에 기반한다. 정부는 '4차 산업혁명 등 사회 변화에 따른 대

---

[1] 정부는 2010년부터 2014년 1주기 대학구조조정평가를 실시하였고, 2015년부터 2017년까지 2주기 대학구조개혁평가를 시행하였다. 이어 2018년부터 2021년 현재까지 3주기 '대학기본역량진단'이라는 이름으로 대학구조개혁평가를 실시하고 있다. 문재인 정부는 대학구조조정정책 기준에 따라 전국의 대학을 5단계로 구분하고, 미흡한 학교의 경우 국가 재정지원 예산 삭감, 국가장학금 및 학자금대출 제한 등의 불이익을 적용하였다.

학의 기능과 역할 변화 요구'라는 추진 배경²을 내세워 대학기본
역량진단을 실시하고 있다. 이는 기실 학령인구 감소와 청년 실업
등의 문제를 해결하기 위한 정부의 전략적 배경을 함축한다. 이에
따라 각 대학들은 반강제적으로, 그리고 좀 더 적극적·능동적으
로 학과 간 경계를 허물고 다양한 전공 교과목을 연결한 새로운
융합 교과목을 개설하고 있다.

10개 거점국립대학 중 하나인 강원대학교 또한 이러한 시대 흐
름에 편승하여 새로운 변화를 꾀하고 있다. 강원대학교는 2018년
3월부터 둘 이상의 학과가 연계한 '미래융합가상학과'를 신설하
여 운영하고 있다. 미래융합가상학과는 4차 산업혁명에 대응하여
신학문, 신사업 분야의 새로운 인재를 양성하기 위하여 모듈형 교
육과정을 기반으로 운영하는 융합전공 학과이다. 기존 학과의 전
공 교육과정 편성의 한계를 극복하여 새로운 전공에서 모듈형 교
육과정을 운영함으로써 전문 인재 양성 기간을 단축하고, 학과 및
전공의 장벽을 넘나드는 융합교육 시스템을 확장해 나가는 것을
목표로 한다. 이를 통해 급격한 사회·산업 변화에 대응하고, 국
립대의 경직된 학사구조를 유연화하는 선순환 학사구조의 핵심
역할을 기대할 수 있다.³ 강원대학교 미래융합가상학과는 2018년
3월 6개의 학과(데이터사이언스학과(춘천), 아트앤테크놀로지학과(춘
천), 인문예술치료학과(춘천), 화장품과학과(춘천), 유리세라믹스융합학과

---

2 한국교육개발원 대학역량진단센터 홈페이지(https://uce.kedi.re.kr) 참조.
3 강원대학교 미래융합가상학과 홈페이지(https://multimajor.kangwon.ac.kr) 참조.

(삼척), 창업학과(삼척))로 출발하였고, 매년 새로운 학과들이 꾸준히 증설되어 2021년 현재 춘천캠퍼스 20개, 삼척캠퍼스 5개, 총 25개의 학과[4]가 개설되어 있다. 이들 학과는 4차 산업혁명 시대에 대응할 수 있는 융합적 · 창의적 인재 양성, 신산업 분야의 새로운 시장 창출에 기여할 수 있는 전문 인력 양성, 외국어 능력과 유연성을 겸비한 글로벌 인재 양성 등을 목표로 산업체 연계교육, 현장 · 실무중심 교육, 지역특성화 교육 등의 다채로운 융복합 교육을 실시하고 있으며, 1학년 수료 학점 이상을 이수한 학생들은 2학년 때부터 미래융합가상학과의 교과목을 부전공 또는 복수전공으로 선택하여 자유롭게 수강할 수 있다.

이처럼 현재의 대학은 전문적 지식을 배양하는 순수학문의 영역을 강조하기보다는 창의성, 효율성, 실용성, 유연성 등을 추구하는 융복합 교육을 강조한다. 다양한 융복합 학과 개설을 통해 학생들의 전공 선택의 폭을 넓히고, 4차 산업혁명 시대의 트렌드를 분석하여 진로 및 취업 분야의 전망과 비전을 제시함으로써, 학생들의 취업률을 높이기 위한 전략적 교육을 시행하고 있다. 그렇다면 이러한 융복합 교육이 좀 더 실질적이고 적극적으로 기능할 수

---

4 2021년 현재 개설되어 있는 25개 학과는 차세대반도체학과, 탄소중립융합학과, 평화학과, 지역산학협력학과, 인공지능사이버보안학과, 공연예술무대제작학과, 문화도시학과, 공공건강보험융합학과, 바이오제약공학과, 커피과학과, 수소시스템공학과(삼척), 인지인공지능학과(삼척), 인문예술치료학과, 화장품과학과, 글로벌한국학과, 디지털헬스케어융합학과, 지식재산권학과, 3D프린팅다빈치학과 등이다. 이들 미래융합가상학과는 두 개 이상의 학과가 서로 연계하여 교육과정을 진행하는데, 특히 평화학과의 경우 6개 학과 교수진이 참여하여 교육과정을 개설 · 운영하고 있다.

있는 방안은 무엇일까. 공급자 중심에서 수요자 중심으로 변화하는 대학 교육의 흐름에 따라 교수자는 어떠한 수업 모델을 제시할 수 있을까.

네 번째 장에서는 강원대학교 미래융합가상학과 중 하나인 인문예술치료학과[5]의 교과목 〈글쓰기치료〉 수업 모델을 제시함으로써, 복수전공 또는 부전공으로 운영되는 전공융합 교과목이 학생들의 기존 전공과 융합할 수 있는 방안, 실용성을 강조하는 대학 교육에서 학생들의 자기주도력과 적극성을 높일 수 있는 방안 등에 대해 궁구해 보고자 한다. 미래융합가상학과의 수업은 다양한 전공의 학생들이 2학년 때부터 선택하여 수강하는 교과목이다. 학생들은 새로운 학문에 대한 관심과 흥미, 새로운 분야의 지식을 쌓기 위해 융복합 교과목을 신청했지만, 학습 과정에서 기존의 전공 교과목과 괴리감을 느끼거나 낯선 분야의 지식 습득에 어려움을 느낄 수 있다. 이러한 문제점을 개선하기 위해 본 장에서는 〈글쓰기치료〉 교과목에 PBL^{Problem-Based Learning}(문제중심학습) 기법을 도입함으로써 첫째, 자신의 전공 교과목과 융합 교과목(글쓰기치료)을 연계할 수 있는 수업 모형, 둘째, 학습자 중심의 자기주도적 수업 모형, 셋째, 글쓰기치료에 대한 이해와 깊이를 확장할 수 있

---

5 인문예술치료학과는 강원대학교 인문과학연구소에서 운영하는 미래융합가상학과로 언어학적 방법론, 문학적 방법론, 철학적 방법론, 예술적 방법론의 통합적 접근을 통해 교육을 진행한다. 인문예술치료학과의 교육 목표는 ① 인문치료와 예술치료의 이론과 방법에 대한 전문 지식 함양, ② 인문치료와 예술치료의 실제적 역량 함양, ③ 인문예술치료 관련 자격 취득 지원, ④ 인문예술치료 및 실천 인문학 관련 진로 개척 및 취업 지원이며, 현재 인문치료대학원 석사과정과 박사과정이 개설되어 있다.

는 수업 모형을 제시하고자 한다.

문제중심학습PBL과 글쓰기치료의 연계

PBL은 미국의 배로우즈Howard S. Barrows 와 마이어스Myers, A. C가 고안해 낸 교수법·(Barrows & Myers, 1993)으로 문제를 활용하여 학습자 중심으로 학습을 진행하는 교수-학습 방법이다. PBL은 교수자가 문제 해결에 필요한 내용을 학습자에게 강의를 통해 알려 주는 것이 아니라, 학습자 스스로 문제의 해답을 찾아 나가는 과정 중심의 교육 방법이다. PBL이 국내에 소개된 이후, 다양한 학문 영역에서 PBL에 대한 관심과 수요가 증가하였고 교육 현장에서도 PBL을 도입하여 적극적으로 활용하고 있다. PBL이 주목받는 이유는 시대적 요청 때문일 것이다. 초연결시대, 전문적 지식과 정보는 사이버 세계에 차고 넘친다. 지식 전달에 초점을 두는 전통적이고 일방적인 수업 방식은 현대사회가 요구하는 비판적 사고 능력, 창의적 사고 능력, 표현 능력 및 의사소통 능력 등을 충분히 담보하지 못한다. 현대사회에서는 자신에게 필요한 정보를 선별할 수 있는 능력, 그것을 실생활의 문제에 적용할 수 있는 능력, 그리고 타인과 협력하여 문제 해결의 효과를 극대화시킬 수 있는 능력 등이 절실히 요구된다. 따라서 실생활에서 직면하는 복합적 문제 해결 과정을 통해 학습이 이루어지는 PBL 기법은 현재의 대학생들에게 매우 효율적이고 유용한 학습 방안이 될 수 있다. 그동안 PBL에 관한 연구는 대학 기초교양 필수 교과목인 글쓰기 교육에서 활발히 이루어져 왔으며, 이와 관련하여 다양한 수업 사례와 수업 모형들이 제시되었다.

〈글쓰기치료〉 수업에서도 PBL 기법은 효과적인 교수-학습 방법이 될 수 있는데, PBL이 처음 개발된 계기를 살펴보면 그 이유를 짐작할 수 있다. PBL은 원래 1970년대 중반 의과대학 교육의 문제점을 개선하기 위해 개발된 교수 학습 모형이다. 배로우즈는 (Barrows, 1994) 의대 학생들이 오랫동안 힘든 교육을 받으며 엄청난 양의 지식을 암기하지만, 정작 인턴이 되어 실제 환자를 진단하고 처방을 내리는 데 어려움을 겪는 것을 발견하였다. 그리고 이를 보완하기 위해서는 단순히 정보를 기억하는 것뿐만 아니라 다양한 고차적인 문제 해결 능력이 요구되며, 특히 추론 능력과 자기 주도적 학습 능력이 필요함을 깨닫고 PBL 모형을 정립하여 소개하였다.[6]

글쓰기치료에서 무엇보다 중요한 것은 PBL에서 요구하는 '자기주도력'이다. 글쓰기치료 수업은 글쓰기치료의 원리, 글쓰기치료의 과정과 방법에 대한 이론적인 내용을 다루기도 하지만, 수업 시간에 가장 강조되는 것은 적극적인 글쓰기를 통해 실제로 글쓰기의 치유적 힘을 경험해 보는 것이다. 이는 글쓰기치료가 심리치료와 구별되는 지점[7]이기도 한데, 심리 상담자가 내담자를 진단하

6　최정임·장경원,《PBL로 수업하기》, 학지사, 2015, 17쪽.
7　심리치료에 있어서 심리치료사 위주의 심리치료는 내담자 주도의 심리치료와 다르

고 적합한 치료 방법을 제시하는 것과는 달리, 글쓰기치료는 내담자 스스로 글쓰기를 통해 자신의 문제를 발견하고 스스로 내면을 탐색함으로써, 자기 자신을 돌보고 치유하는 능력을 기를 수 있어야 한다. 즉, 글쓰기치료는 상담자의 개입보다는 내담자 자신의 의지와 역할이 중요하며, '자기주도력'이 치유적 효과를 극대화시킬 수 있는 것이다. 수업 현장에서도 마찬가지이다. 학생들이 글쓰기치료의 원리에 대한 이해를 바탕으로 수업 시간에 다양한 종류의 글쓰기 형식을 체험해 봄으로써, 자신에게 가장 효과적인 글쓰기 방법을 주도적으로 찾아가는 것이 중요하다. 적극적으로 글쓰기를 수행하는 과정에서 스스로를 이해하고, 자기치유의 시간과 공간을 스스로 마련할 수 있어야 한다. PBL에서 강조하는 '자기주도적 학습 능력'이 글쓰기치료에서도 유효한 이유이며, 자기주도력을 기르기 위한 수업 모형이 절실히 요구되는 이유이다.

자기주도적 글쓰기를 통해 자신의 내면을 돌보고 치유하는 시간을 충분히 경험했다면, 이러한 원리와 효과를 타인에게도 적용할 수 있어야 한다. 이는 실용성과 효율성, 대학생들의 취업률을 강조하는 전공융합 교과목의 교육 목표와도 일치하는 것으로, 예비 인문치료사, 문학치료사, 독서치료사, 철학상담치료사가 되기

다. 심리치료사가 주도하여 심리치료를 진행할 경우에는 내담자가 겪은 과거의 흔적과 마음에 남은 상세한 상처를 포괄적이고 구체적으로 파악할 수 없다. 이 때문에 주로 경청하는 것과 지시하는 것으로 진행될 수 있다. 반면 자기주도 심리치료는 심리치료사가 내담자에 대한 공간적인 개입을 전혀 하지 않는 가운데서의 심리치료를 말한다. 이때 독서와 글쓰기는 자기주도 심리치료를 수행하기 위한 적절한 방법이 될 수 있다. 최왕규,《자기주도 심리치료와 글쓰기》, 한국학술정보, 2019, 48쪽 참고.

위해서는 실제 임상 현장에서 글쓰기치료 프로그램을 이끌어 나갈 수 있는 추진력과 문제해결력, 의사소통 능력 등을 기를 필요가 있다.

따라서 본 장에서는 PBL을 접목한 글쓰기치료 수업 모형을 제시하고자 한다. 그동안 PBL의 효과는 크게 ① 지식 습득 능력, ② 문제해결력, ③ 자기주도적 학습 능력, ④ 협동학습 능력으로 요약되어 왔다.[8] 인문치료사(글쓰기치료사)가 되기 위해서는 위의 능력들이 필수적으로 요구되며, 교육과정에서도 위의 능력들을 함양할 수 있는 적절한 교수-학습법이 필요하다. 본 수업 모형은 15주차 수업 과정 중 강의 후반부인 11~15차시에 진행되는 수업 모형으로 학생들이 직접 '글쓰기치료사'가 되었다고 가정하고, 글쓰기치료 프로그램을 설계하여 발표하는 형태이다. 강의의 전반부와 중반부에 익힌 글쓰기치료의 원리와 방법, 글쓰기치료의 종류와 효과 등을 바탕으로 학생들은 주어진 문제 해결을 위한 글쓰기치료 프로그램을 구성해야 한다. 이때 발표를 듣는 동료 학생들은 내담자의 역할을 수행하기도 하고, 친구의 발표를 들으며 평가지를 작성한 후, 질문을 하거나 보완이 필요한 부분에 대해 피

---

8   최정임 · 장경원, 《PBL로 수업하기》, 40~46쪽 참고.

9   현재 국내에는 인문치료와 관련하여 인문치료사, 문학치료사, 독서치료사, 철학상담치료사 등의 민간 자격증 과정이 개설되어 있지만, '글쓰기치료사'를 양성하는 교육기관과 민간 자격은 아직 존재하지 않는다. 이는 글쓰기치료가 하나의 독립적인 범주로 자리 잡기보단, 인문치료나 문학치료의 영역 안에 포함되는 작은 범주로 보기 때문일 것이다. 따라서 본고에서 사용하는 '글쓰기치료사'라는 명칭은 전문 자격을 뜻하는 공식 명칭이 아닌, 글쓰기치료를 진행하는 상담사를 뜻하는 단어임을 밝힌다.

드백을 하도록 수업을 설계하였다. PBL에서 강조하는 것처럼 교수자가 일방적인 강의를 하거나 피드백을 하는 형태가 아닌, 학생들이 직접 주어진 문제를 해결하기 위해 자료를 수집하고, 구성원들과의 협력을 통해 각자의 글쓰기치료 프로그램을 완성하는 형태이다.

이처럼 본 장에서는 PBL과 글쓰기치료의 연계를 통해 학생들의 자기주도력과 문제해결력, 협동학습 능력 등을 기를 수 있고, 자신의 전공과 글쓰기치료를 접목함으로써 앞으로의 진로에 대해 고민하고 성찰할 수 있는 글쓰기치료 수업 모형을 제시하고자 한다.

PBL을 활용한 글쓰기치료 모형

본 글쓰기치료 모형은 2021년 2학기 강원대학교 춘천캠퍼스 미래융합가상학과 인문예술치료학과 교과목인 〈글쓰기치료〉 수강생을 대상으로 진행하였다. 코로나19의 확산으로 대부분의 교과목이 비대면으로 개설되었지만, 본 강좌은 19명 정원의 절대평가 교과목으로 개설하여 대면 수업으로 진행하였다. 수강생은 총 18명으로 2학년 학생 1명을 제외하고는 대부분 취업과 진로에 대해 고민하는 3,4학년 학생들이었다. 전공융합 교과목 특성상 수강생들은 국어국문학과 · 독어독문학과 · 철학과 등 인문대 소속 학생들뿐만 아니라 신문방송학과 · 정치외교학과 · 전자통신학과 · 영상문화학과 · 미술학과 · 디자인학과 · 산림자원학과 등 다양한 학부, 다양한 전공의 학생들이 〈글쓰기치료〉 교과목을 신청하였다. 수강생들은 대부분 2학년 때부터 인문예술치료학과 교과목을 부전공 또는 복수전공으로 선택해서 듣고 있는 학생들로, 인문예술치료에 대한 관심과 교과목에 대한 이해도가 높은 편이었다. 대면 수업임에도 출석률이 매우 높았으며, 수강생들은 자신의 내면을 표출하는 글쓰기 활동에도 적극적으로 참여하였다.

앞에서 강조했듯, 글쓰기치료 수업은 이론 중심의 교육보다는 학생들로 하여금 다양한 종류의 치유적 글쓰기를 직접 체험해 보도록 하는 것이 중요하다. 즉, 교수자의 개입보다는 학습자 스스로의 의지와 깨달음이 중요하며, 교수자는 지식 전달자의 역할보다는 교수 설계자, 학습 촉진자, 안내자로서의 역할이 강조된다. 때문에 매주 수요일 3시간 연강으로 이루어지는 본 수업의 경우, 1교시는 글쓰기치료 이론 학습, 2교시는 글쓰기치료 활동, 3교시 글쓰기 활동지 발표 및 피드백 형태로 구조화하여 진행하였고, 본격적인 PBL 절차를 도입하기 전인 1주차부터 10주차까지는 글쓰기치료의 정의와 역사, 글쓰기치료의 이론적 배경, 글쓰기치료의 원리와 글쓰기치료의 매체, 글쓰기치료의 종류 및 글쓰기치료의 효과 등 '글쓰기치료의 이론'에 대해 학습하고, 다양한 종류의 글쓰기를 실습하였다. 이후 11주차부터 PBL의 절차에 따라 수업을 설계하여 진행하였다.

일반적으로 PBL은 문제 제시 → 문제 확인 → 문제 해결을 위한 자료 수집 → 문제 재확인 및 해결안 도출 → 문제해결안 발표 → 학습결과 정리 및 평가의 6단계로 진행되며(〈그림 1〉 참조), 문

| 그림 1 | **PBL의 진행 절차**(최정임 · 장경원, 2015:21)

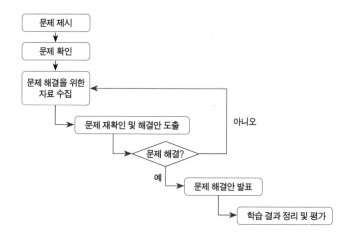

제 해결 과정은 대개 그룹 활동을 중심으로 전개된다. 그러나 코로나19의 확산으로 강의실 내 거리두기가 엄격히 이루어지면서 조별 활동에 제약이 발생하였다. 이에 따라 교수자는 PBL의 절차를 그대로 따르는 대신, 4단계와 5단계의 순서를 바꾸어 개인별 문제해결안 발표(5단계) → 구성원들의 피드백을 통한 문제 재확인 및 해결안 도출(4단계)의 형태로 수업을 재설계하였다. PBL의 절차를 반영한 각 주차별 강의 구성안을 정리하면 〈표 1〉과 같다.

PBL의 첫 번째 단계는 교수자가 학생들에게 해결해야 할 문제를 제시하는 단계이다. PBL에서 일반적으로 제시되는 문제는 한두 가지의 개념을 적용하는 연습문제가 아니라, 문제로부터 학생들이 학습 의욕을 느끼고, 다양한 주제 및 개념을 탐색하게 하는

초연결시대 융복합 교육과 글쓰기치료 |

| 표 1 | 주차별 수업 전개 과정

차시	PBL 절차	세부 활동	주체	관련 교과 내용
1~10주	• 오리엔테이션 • 글쓰기치료의 역사 • 글쓰기치료의 정의 • 글쓰기치료의 이론적 배경 • 글쓰기치료의 원리	• 글쓰기치료의 매체 • 글쓰기치료의 종류 • 글쓰기치료의 효과 • 글쓰기치료의 과정과 방법 • 글쓰기치료의 활성화 기술		
11주 (1차시)	문제 제시 + 문제 확인	**문제** 대학생들을 위한 글쓰기치료 프로그램 설계 **조건1** 현재 대학생들을 심리적 문제 탐색 **조건2** 자신의 전공과 글쓰기치료 접목	교수자 + 학습자	• 글쓰기치료의 실제 • 글쓰기치료 과정 • 글쓰기치료 방법
12주 (2차시)	문제 해결을 위한 자료 수집	• 현재 대학생들의 심리적 문제에 관한 자료 수집 (설문조사, 학술 논문, 인터넷 기사, 선후배 및 동료 면담 등) • 전공 분야와 글쓰기치료를 접목할 수 있는 연결 고리 탐색 (전공 서적, 학술 논문, 인터넷 자료 등)	학습자	• 글쓰기치료의 실제 • 글쓰기치료 과정 • 글쓰기치료 방법
13주 (3차시)	문제해결안 발표1 + 문제 재확인 및 해결안 도출1	• 개인별 글쓰기치료 프로그램 발표 • 동료 질문 및 평가, 피드백 • 글쓰기치료 프로그램의 문제점 및 해결 방안 탐색	개별 발표자 + 동료 학습자	• 글쓰기치료의 실제 • 글쓰기치료 종류 • 글쓰기치료 활성화 기술
14주 (4차시)	문제해결안 발표2 + 문제 재확인 및 해결안 도출2	• 개인별 글쓰기치료 프로그램 발표 • 동료 질문 및 평가, 피드백 • 글쓰기치료 프로그램의 문제점 및 해결 방안 탐색	개별 발표자 + 동료 학습자	• 글쓰기치료의 실제 • 글쓰기치료 종류 • 글쓰기치료 활성화 기술
15주 (5차시)	학습 결과 정리 및 평가	• 대학생들을 위한 글쓰기치료 프로그램 최종 완성 및 제출 • 개인별 성찰일지 작성	학습자	• 글쓰기치료의 실제 • 글쓰기치료의 효과

포괄적인 문제이다. 학습자들이 문제를 이해하고 학습의 당위성을 인식할 수 있도록, PBL에서는 실생활에서 경험할 수 있는 실제적이고 사실적인 문제를 사용한다. 따라서 교수자는 학생들에게 그동안 배우고 익힌 글쓰기치료의 이론과 실습 내용을 바탕으로 〈대학생들을 위한 글쓰기치료 프로그램〉 설계하기를 문제로 제시하였다. 이때 학생들에게 구체적인 조건을 함께 제시하였는데 첫째, 현재 자신을 포함한 대학생들의 심리적 문제를 찾아 이를 내담자의 주 호소원으로 삼을 것, 둘째, 위의 내담자를 위해 자신의 전공 교과목과 글쓰기치료 교과목을 접목한 글쓰기치료 프로그램을 설계할 것을 요청하였다. 이는 학생들로 하여금 자신과 관련된 또래 집단의 심리적 문제를 스스로 탐색하고, 자신의 전공 과목과 글쓰기치료 교과목을 연계할 수 있는 계기를 마련해 주기 위함이며, 실용적인 문제를 제시함으로써 학생들에게 구체적인 학습 동기를 부여하고, 문제 해결 의지를 고취시키기 위해서이다. 이후 학생들에게 각 주차별 학습 일정을 안내하고, 최종적으로 제출해야 하는 과제의 형식 등에 대해 설명하였다.

PBL의 두 번째 단계는 학습자가 해결해야 할 문제를 확인하고, 해결안을 찾기 위한 방법을 모색하는 단계이다. 문제 해결을 위해 학습자는 '생각', '사실', '학습 과제', '실천 계획'의 네 가지 단계(Barrows & Myers, 1993)[10]를 거쳐 문제를 검토하게 되며, 자신이 해결해야 할 문제를 이해하고 실천 계획을 세우게 된다. 교수자가 제시

----

10   최성임 · 장경원, 《PBL로 수업하기》, 24쪽 재인용. 각 단계별 검토 내용은 다음과 같다.

한 문제인 〈대학생들을 위한 글쓰기치료 프로그램〉 설계, 그리고 문제 해결을 위해 충족되어야 할 두 가지의 조건을 확인한 학생들은 10주차까지 학습한 선행 지식을 바탕으로 문제의 내용 및 학습 목표 등을 파악하였다. 그리고 자신의 태블릿PC나 노트에 문제와 관련해 떠오르는 생각, 앞으로 학습하거나 조사해야 할 내용, 구체적인 수행 일정 등을 자유롭게 필기하고 마인드맵하며 나름의 실천 계획을 수립하였다. 이처럼 1차시 수업에서는 교수자가 문제를 제시하고, 학생들이 문제를 확인하였으며, 궁금한 것들에 대해 질의 응답하는 시간을 가졌다.

PBL의 세 번째 단계는 문제 해결을 위해 자료를 수집하는 단계이다. 1차시에 문제가 제시된 이후, 학생들은 일주일 동안 주어진 문제에 대해 충분히 고민하고 생각하며 관련 자료를 수집하였다. 학생들은 크게 두 가지 측면에 주목하여 자료 조사를 실시하였다. 첫 번째는 현재 대학생들이 겪고 있는 가장 큰 심리적 문제는 무엇인가에 대한 탐색이다. 학생들은 자신의 경험, 선후배 및 친구들과의 면담, 인터넷 기사 검색, 학술 논문, 설문 조사 등을 통해 현재 대학생들의 심리적 문제 및 주 호소원에 대해 파악하고, 이

| 표 2 | 문제 확인을 위한 분석 내용

생각 ideas	사실 facts	학습과제 learning issues	실천계획 action plans
• 문제 이해 • 해결책에 대한 가설, 추측	• 문제해결에 필요한 사실들 • 문제해결과 관련하여 학습자가 알고 있는 사실들	• 문제해결을 위해 알아야 할 학습 내용들	• 문제해결을 위한 이후의 계획(정보 및 자료 검색 방법, 시간 계획 등)

중 자신이 다루고자 하는 문제를 선정하였다. 두 번째로 자신의 전공 분야에 대한 지식과 관심사, 미래의 진로에 대한 고민 등을 바탕으로 전공 분야와 글쓰기치료를 접목할 수 있는 연결 고리를 탐색하였다. 이때 학생들은 전공 서적이나 학술 논문, 미디어 매체 등을 통해 관련 정보를 수집하고 동료나 선배, 소속 학과 전공 교수에게 조언을 구하기도 하였다. 자료 수집을 바탕으로 2차시 수업에서는 학생들에게 좀 더 구체적인 글쓰기치료 프로그램을 고안해 볼 것을 요청하였다. 학생들이 글쓰기치료 프로그램을 구성하는 동안 교수자는 강의실을 돌아다니며 학생들의 프로그램 진행 상황을 점검하였다. 교수자가 주로 확인한 것은 학생들이 선정한 글쓰기치료의 대상 및 심리적 호소원이 적절한가, 전공 교과목과 글쓰기치료 교과목이 적절하게 접목되었으며 논리적인 오류는 없는가 등이다. 이와 관련해 학생들에게 개별적인 피드백을 제공하였으며, 학생들이 참고할 만한 도서와 도움이 될 만한 다큐멘터리 및 관련 콘텐츠 등을 제시하였다.

PBL의 네 번째 단계는 그룹 활동을 통한 문제 재확인 및 해결안 도출이며, 다섯 번째 단계는 문제해결안 발표이다. 그러나 코로나19로 인한 강의실 내 거리두기 시행으로 그룹 활동이 불가능하였고, 이에 따라 두 단계의 순서를 바꾸어 3차시와 4차시 수업을 진행하였다.[11] 먼저 학생들은 개인별 프레젠테이션을 통해 자신이 설계한 〈대학생들을 위한 글쓰기치료 프로그램〉, 즉 문제해

---

11 발표에 참여한 학생은 18명의 수강생 중 16명으로, 충분한 발표 시간을 확보하기 위

결안을 친구들 앞에서 발표하였다. 개인에게 주어진 발표 시간은 15분이였으며, 글쓰기치료 프로그램의 제목, 글쓰기치료의 대상과 대상 선정의 이유, 자신의 전공과 글쓰기치료를 접목한 부분, 프로그램의 전체 회기 구성, 각 회기의 진행 과정 및 사용되는 글쓰기 종류, 기대효과 등에 대한 발표가 이루어졌다. 이때 동료 학생들은 친구의 발표를 들으며 프로그램의 장점과 단점, 프로그램에 대해 궁금한 점이나 보완이 필요한 점 등을 평가지에 작성하도록 하였다. 발표가 끝나면 상호 간 질의 응답을 통해 자유로운 피드백이 이루어졌고, 이를 통해 발표자는 자신이 설계한 글쓰기치료 프로그램의 문제점 및 개선 사항 등을 확인함으로써 최선의 해결안을 도출할 수 있는 계기를 마련하였다.

PBL의 마지막 단계는 학습 결과 정리 및 평가이다. 학생들은 지난 차시에 이루어진 발표와 동료 학습자의 피드백을 반영하여 부족한 부분을 보완하고 수정한 후, 〈대학생들을 위한 글쓰기치료 프로그램〉의 최종 완성안을 스마트캠퍼스 e-루리에 제출하였다. 마지막 회기인 5차시에는 그동안의 활동과 학습 결과에 대해 정리하고, 글쓰기치료 프로그램을 설계하며 깨달은 점이나 느낀 점 등을 성찰일지에 기록한 후 수업을 마무리하였다.

해 3차시와 4차시 각각 8명으로 나누어 발표 및 상호 피드백을 진행하였다.

PBL을 활용한 글쓰기치료 사례[12]

자기주도적 문제 탐색

1차시 수업에서 교수자가 제시한 문제를 확인한 학생들은 적극적으로 문제를 탐색하기 시작하였다. 학생들이 가장 먼저 고민한 것은 글쓰기치료의 대상 선정이다. 교수자가 첫 번째 조건으로 제시한 '대학생들의 심리적 문제'와 '대학생들의 주 호소'를 탐색하기 위해 학생들은 다양한 방법으로 자료 조사를 실시하였다. 학생들이 가장 많이 사용한 방법은 현재 대학생으로서 '자신의 걱정과 스트레스' 탐색, 선후배와 동기 등의 인터뷰를 통한 '주변인들의 심리적 문제' 탐색, 그리고 인터넷 자료 검색을 통한 우울증 및 자살률 증가 등의 '사회적 문제' 탐색 등이었다. 이를 통해 학생들은 자신이 다루고자 하는 대학생들의 심리적 문제와 주 호소원을 가설정하고, 인터넷 신문 기사와 SNS의 글, 학술 논문 등을 검색하여 이를 뒷받침할 만한 통계자료와 다양한 사례들을 충분히 수집한 이후, 자신이 설계할 글쓰기치료 프로그램의 대상을 최종 결정하였다(〈그림 2〉 참조). 16명의 학생이 자기주도적으로 설계한 글쓰기치료 프로그램의 이름과 프로그램의 적용 대상, 프로그램의

---

12 사례로 제시된 학생들의 PPT, 평가지, 성찰일지 등은 사전에 학생들에게 본 연구의 취지와 목적을 충분히 설명하고 동의를 구한 후, 본문에 수록한 것임을 밝힌다. 18명의 수강생 중 2명을 제외한 16명이 동의하였으며, 학과를 제외한 개인정보는 기록하지 않을 것임을 강조하였다.

| 그림 2 | 학생들의 자료 수집 예시(통계 자료, 신문 기사)

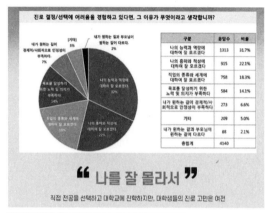

목표를 정리하면 〈표 3〉과 같다.

　〈표 3〉에서 확인할 수 있듯, 학생들이 다양한 경로의 자료 조사를 통해 선정한 '현재 대학생들의 심리적 문제와 주호소원'은 '진로 및 취업 고민'(8명), '스마트폰 및 SNS 중독'(3명), '낮은 자존감과 무기력'(3명) 순이었다. '진로 및 취업 고민'을 선택한 학생들이 가장 많았던 이유는 앞서 밝혔듯 〈글쓰기치료〉의 수강생들이 대

| 표 3 | 학생들의 글쓰기치료 프로그램 개요

학생	프로그램명	프로그램 대상	프로그램 목표
A	무기력증 타파, 자라나는 글쓰기	무기력증을 겪는 4학년생	자라나는 식물을 통해 정서적 안정감과 삶의 원동력을 느끼고, 글쓰기를 통해 자신의 내면을 탐색한다.
B	'나'를 알아 가는 글쓰기	진로 및 취업을 고민하는 대학생	미래에 대한 불안감을 해소하고, 자신의 장점 발견을 통해 자의식을 강화한다.
C	기후 우울증을 겪는 대학생을 위한 프로그램	기후 우울증을 앓고 있는 대학생	기후 우울증으로 인한 무력감을 타파하고, 소속감과 연대감 세상이 변할 것이라는 희망을 제시한다.
D	'건강한 휴식'을 위한 숲속 글쓰기 차유	스마트폰으로 인해 건강한 휴식을 취하지 못하는 대학생	스마트폰을 사용하지 않고, 숲 치유 및 글쓰기치료를 통해 건강한 휴식을 취하고, 일상을 회복한다.
E	불안 치유 프로그램	취업 및 진로 고민으로 불안해하는 대학생	자신의 마음을 재정비하고 나를 이해하는 시간을 통해 자신만의 불안감 해소 방법을 모색한다.
F	20대 커플을 위한 글쓰기치료	가치관의 차이로 이성친구와 갈등을 겪는 대학생	상대방의 가치관을 이해하고, 상대방의 입장에서 생각해 보는 시간을 통해 관계를 회복한다.
G	청년은 우울해요	코로나19, 취업 등의 문제로 우울해하는 대학생	글쓰기를 통해 자신이 우울해 하는 이유를 탐색하고, 자존감을 회복한다.
H	진로 고민, 세계관 해석 글쓰기	전과, 자퇴, 휴학 등 자신의 진로를 고민하는 대학생	글쓰기를 통해 자신의 세계관을 해석하고, 자신이 어떤 가치를 중요시하는지를 파악한다.
I	SNS 탈출! 진정한 나 찾기	SNS에서 많은 시간을 소비하며, 자아를 상실해 가는 대학생	다양한 글쓰기 활동을 통해 억압된 감정을 표출하고, SNS 속 보여지는 나를 벗어나 진정한 자아를 찾는다.
J	자존감 회복을 위한 동화치료	졸업과 취업을 앞두고 마음이 초조한 대학생	자신의 내면 탐색을 통해 초조함과 조급함을 완화하고, 자아를 강화한다.
K	미술을 이용한 글쓰기치료	자신의 적성과 맞지 않은 전공 선택으로 힘들어하는 대학생	미술치료 기법을 통해 자신의 무의식을 의식화하고, 글쓰기치료를 통해 자신의 생각을 실체화한다.
L	'낯선 나' 만나기	자기 효능감이 낮고, 내적 정서 분출을 두려워하는 대학생	억압된 감정을 소산하고, 글쓰기를 통해 자기 효능감과 자기 만족감을 향상시킨다.
M	자존감 회복 자서전 쓰기	자존감이 낮은 대학생	자기 자신을 있는 그대로 바라보고, 자신을 수용하고 인정한다.
N	자아 중심 찾기 글쓰기치료 프로그램	SNS에서 상대적 박탈, 자아 상실 등을 경험한 대학생	SNS를 긍정적으로 활용하고, 자존감을 회복하며, 굳건한 자아를 정립한다.

O	**고민 많은 청년들을** **위한 〈비밀 상담소〉**	취업, 진로, 미래, 대인관계, 성적 등 여러 가지 고민으로 고통 받는 대학생	스트레스와 답답함을 해소하고, 위로와 공감, 성취감 획득을 통해 자존감과 문제 해결력을 기른다.
P	**졸업과 취업을 앞둔** **대학생을 위한 치유** **프로그램**	취업 무기력증, 자신에 대한 이해 및 자존감이 부족한 대학생	졸업 후를 두려워하지 않도록 자기 자신의 내면을 탐색하고, 능동적이고 진취적인 삶의 자세를 지닌다.

부분 졸업 후의 미래를 걱정하는 3,4학년 학생들이기 때문일 것이다. 즉, 학생들은 자신의 현재 심리적 갈등과 스트레스 원인을 충분히 탐색하고, 이를 반영한 프로그램의 주제와 프로그램 대상군을 선택했음을 짐작할 수 있었다. 이 밖에 '기후 우울증'(1명)과 '이성 간의 가치관 차이로 인한 갈등'(1명) 등 평소 자신의 관심사와 대인 관계 문제를 주호소원으로 선정한 학생들이 있었으며, 글쓰기치료 대상 선정을 바탕으로 학생들은 각자 설계할 프로그램의 이름과 프로그램의 세부 목표를 설정하였다.

자기주도적 문제 탐색을 통해 글쓰기치료의 대상과 목표를 설정한 학생들은 수업 시간에 배운 글쓰기치료의 이론과 실제, 글쓰기치료의 과정(도입→실행→방향 설정 및 통합→새 방향 설정)[13] 등을 토대로, 자신만의 개성 있는 프로그램을 계획하고, 프로그램의 세부 진행 과정을 설계하기 시작하였다. 교수자는 체계화되고 구조화된 틀을 제공하는 대신, 학생들에게 자율적이고 독창적인 글쓰기치료 프로그램을 구성해 볼 것을 강조하였다. 즉, 학생들이 그

---

13   채연숙,《글쓰기치료》, 경북대학교출판부, 2010, 108쪽.

동안의 삶의 경험을 통해 쌓아 온 지식과 글쓰기치료 수업을 통해 학습한 지식, 다양한 경로를 통해 수집한 객관적 자료 등에 근거하여 전체적인 프로그램의 목차를 구성하고, 자신의 전공과 글쓰기치료를 접목한 세부 프로그램을 구성할 수 있도록 안내하였다 (〈그림 3〉 참조).

| 그림 3 | **목차 구성 및 회기 구성 예시**

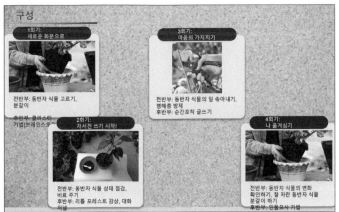

이처럼 학생들은 자기주도적으로 문제의 핵심 내용을 파악하고, 지인과의 인터뷰, 뉴스 기사 검색, 통계자료 조사, 학술 논문과 전공 도서 탐독 등 꼼꼼한 자료 수집과 자발적 학습을 바탕으로, 각자의 글쓰기치료 프로그램을 설계하였다. 서툴고 부족한 부분이 존재했지만, 학생들은 또래 친구들의 심리적 문제, 사회적 문제에 대해 깊이 관심을 가지고, 이들에게 도움을 줄 수 있는 방법과 활동을 적극적으로 탐색하였다. 이러한 과정을 통해 학생들은 PBL에서 강조하는 문제분석력, 적절한 학습 자원을 찾고 활용하는 능력, 자기주도적 학습 능력 등을 기를 수 있었다.

이번 학습 과제를 통해 내 또래의 대학생들이 우울증, 낮은 자존감, 취업 스트레스 등으로 힘들어 한다는 것을 알게 되었고, 친구들의 문제에 관심을 가지게 되었다. 앞으로 나에게도 이러한 증상들이 나타나게 된다면, 친구들의 발표를 참고해서 나 스스로 스트레스를 다스릴 수 있을 것 같다. (정치외교학과, ○○○)

위의 글은 한 학생이 마지막 회기에 작성한 성찰일지의 일부분이다. 학생의 고백에서 알 수 있듯, 실생활과 밀접하게 관련된 문제를 찾아 적극적으로 탐색해 나가는 본 수업 모델은 자기주도적 학습 능력의 증진뿐만 아니라 타자와 세계를 향한 시각을 확장시키고, 앞으로 자신에게 닥칠 삶의 위기에서도 배움의 실천을 통해 지혜롭게 극복해 나갈 수 있는 건강한 자양분이 될 것이다.

전공 교과목과 글쓰기치료의 연계를 통한 문제해결력 증진

본 글쓰기치료 수업 모형의 핵심 목표 중 하나는 전공융합 교과목으로서 〈글쓰기치료〉가 학생들의 기존 전공과 접합할 수 있는 지점을 마련해 줌으로써, 학생들로 하여금 자신의 진로 선택에 대해 진지하게 고민하고 성찰할 수 있는 계기를 마련해 주는 것이다. 교수자는 졸업과 취업을 앞두고 불안해하는 3,4학년 학생들에게 융합교과목의 이론적인 지식과 획일적인 정보를 제공하기보다는, 직업 선택에 실제적인 도움을 줄 수 있는 다양한 가능성과 탐색의 기회를 제공하고자 하였다. 이를 위해 교수자는 1단계 문제 제시 시, 두 번째 필수 조건으로 '자신의 전공과 글쓰기치료를 연계'한 글쓰기치료 프로그램을 구성할 것을 학생들에게 요청하였다.

〈글쓰기치료〉의 수강생들은 국어국문학과 · 독어독문학과 · 철학과 · 신문방송학과 · 사회학과 · 정치외교학과 · 산림자원학과 · 영상문화학과 · 전자통신공학과 · 디자인학과 · 미술학과 등 다양한 학부, 다양한 전공의 학생들이다. 교수자가 수업 모형을 설계할 때 학생들이 어려움을 느끼거나 거부감을 표할 수 있을 것이라고 예상했던 것과 달리, 학생들은 주어진 문제에 흥미를 느끼고 적극적으로 자신의 전공과의 연결 고리를 탐색하기 시작하였다. 학생들은 주로 기존 학과에서 학습한 내용이나 학과에서 운영하고 있는 특성화프로그램, 또는 전공 서적이나 학술 논문 검색을 통해 글쓰기치료와 접목할 수 있는 부분들을 선별하고, 이를 반영하여 전체적인 회기 및 구체적인 활동을 설계하였다. 학생들이 자신의 전공과 연계하여 완성한 글쓰기치료 프로그램 중 대표적인 몇 가지를 정리해 보면 〈표 4〉와 같다.

　〈표 4〉와 〈그림 4〉를 통해 확인할 수 있듯 학생들은 각자의 전공 과목에서 치유적으로 활용할 수 있는 환경(숲 · 자연)이나 매체 (SNS · 블로그, 영상), 텍스트(동화 · 소설 · 시), 활동(시나리오 제작 · 미술작업) 등의 다양한 요소를 찾고, 글쓰기치료의 과정과 방법에 따

| 표 4 | 전공 교과목과 글쓰기치료를 연계한 글쓰기치료 프로그램

소속 학과	프로그램명	전공과 글쓰기치료의 연계
독어독문학과	자존감 회복을 위한 동화치료	독일의 동화작가 그림형제의 동화책을 활용한 글쓰기치료
철학과	진로 고민, 세계관 해석 글쓰기	철학상담, 라하브의 세계관 해석을 통한 글쓰기치료
미술학과 (한국화전공)	미술을 이용한 글쓰기치료	아크릴 물감, 석고 붕대, 점토 등을 활용한 미술치료와 글쓰기치료의 접목
신문방송학과	20대 커플을 위한 글쓰기치료	캐릭터 프로필, 시나리오 제작을 통한 글쓰기치료
산림자원학과	무기력증 타파, 자라나는 글쓰기	육림학(수목학) 접목, 분재 가꾸기를 통한 글쓰기치료
산림자원학과	'건강한 휴식'을 위한 숲속 글쓰기 치유	아름다운 풍경과 자연의 소리, 맑은 공기와 피톤치드 등을 경험할 수 있는 숲 체험과 글쓰기치료의 접목
전자통신공학과	기후 우울증을 겪는 대학생을 위한 프로그램	SNS, 블로그 개설 및 운영을 통해 기후 우울증에 관한 정보를 공유하고, 글쓰기를 통해 연대감을 형성하는 글쓰기치료
디자인학과	'나'를 알아 가는 글쓰기	인테리어(조명, 가구, 액자 등) 힐링 디자인 및 색채심리를 접목한 글쓰기치료
국어국문학과	'낯선 나' 만나기	20대 시인 나선미의 시 텍스트와 묘사하기의 기법을 활용한 글쓰기치료

라 전체 프로그램을 구성하였다. 그리고 수업 시간에 실습한 캐슬린 애덤스Kathleen Adams의 저널도구상자Journal tool box[14]와 토포필리아topophilia에 대한 글쓰기, 자서전 쓰기 등 다양한 치유적 글쓰기

| 그림 4 | 전공 교과목(산림자원학)과 글쓰기치료를 연계한 글쓰기치료 프로그램 예시

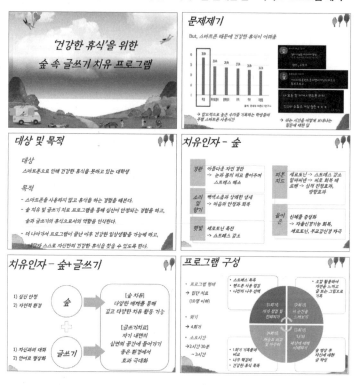

---

14   저널도구상자는 캐슬린 애덤스가 삶에서 대면하게 되는 여러 가지 문제를 해결하기 위해 고안해 낸 글쓰기 기법이다. 문학치료나 글쓰기치료의 영역에서 많이 활용되며, 그녀의 저서 《저널치료》에 보내지 않는 편지 쓰기, 100가지 목록 작성하기, 징검다리 기법, 클러스터 기법, 관점의 변화, 인물 묘사 등 총 18가지 글쓰기 기법이 소개되어 있다. 캐슬린 애덤스, 《저널치료》, 강은주·이봉희 옮김, 학지사, 2006.

초연결시대 융복합 교육과 글쓰기치료 |

를 접목하여 각 회기의 프로그램을 구성하였다.

꽤 오래전에 배웠던 전공 교과목 철학상담을 글쓰기치료 프로그램 구성 과정을 통해 다시 정리해 보게 되었다. 전공과 관련하여 탐구하고 프로그램을 만들어 보는 과정을 통해 내가 하는 공부가 어떻게 다른 학문과 연계될 수 있는가를 고민하는 계기가 되었다. 더불어 다른 전공을 가진 학생들의 발표를 들으며, 다양한 전공 영역에서 글쓰기치료로 접근할 수 있다는 사실이 놀랍고 새로 웠다. (철학과, ○○○)

글쓰기치료가 어떠한 분야와도 접목시킬 수 있다는 것을 깨달았다. 특히 산림치유 프로그램 중에 글쓰기를 활용한 프로그램이 거의 없는데, 산림치유와 글쓰기치료를 결합하여 또 새로운 형태의 치유 프로그램이 만들어질 수 있다는 희망이 생겼다. 글쓰기치료가 활용 방식에 따라 무궁무진한 발전 가능성이 있다고 느꼈다.

(산림자원학과, ○○○)

학생들이 작성한 성찰일지에서도 확인할 수 있듯, 자신의 전공과 글쓰기치료를 접목하는 과정에서 학생들은 자연스레 전공 과목을 복습하게 되었고, 전공 과목에 대한 이해도 또한 높일 수 있었다. 다양한 학문의 결합을 통해 통합된 지식 기반을 획득할 수 있었으며, 사전 지식과 새로운 지식을 통합하는 과정에서 논리적으로 사고하는 능력과 종합적인 문제해결력 또한 기를 수 있었다.

무엇보다 학생들은 자신에게 주어진 과제에 책임감을 가지고 문제를 해결하기 위해 노력했으며, 세상에서 단 하나뿐인 자신만의 글쓰기치료 프로그램을 만들어 냈다는 것에서 큰 만족감과 성취감을 느꼈다. 더불어 전공 과목과 부전공(복수전공) 교과목인 글쓰기치료가 결합하는 과정을 직접 설계하고 체험해 봄으로써, 새로운 영역 탐색에 대한 즐거움과 융복합 학문의 무한한 가능성을 확인하는 계기가 되었다. 이러한 학문적 성취감과 자발적 깨달음이 졸업 후의 장래를 고민하는 학생들의 시야를 넓히고, 학생들의 진로 탐색과 직업 선택에 긍정적인 영향을 미칠 수 있을 것이라 기대한다.

협력학습을 통한 글쓰기치료의 이해 확장

3차시와 4차시 수업에서는 각자가 구성한 문제해결안 '대학생을 위한 글쓰기치료 프로그램'을 발표하고, 동료들의 피드백과 질의응답을 통해 수정·보완이 필요한 부분들을 확인하는 시간을 가졌다. PBL에서 강조하는 요소 중 하나는 협력학습이다. 개인이 학습한 내용의 정확성이나 자료 수집의 타당성 등을 자유로운 의견교환을 통해 상호 점검할 수 있고, 의사소통 기술과 대인관계 기술 등을 증진할 수 있기 때문이다. 3학년과 4학년 학생들이 주로 수강한 글쓰기치료 수업의 경우, 3학년 학생들에 비해 4학년 학생들은 인문예술치료 교과목에 대한 이해도가 높은 편이었다. 인문예술치료입문·인문예술치료방법론·힐링철학·이야기치료·

영화치료 · 미술치료 등 인문예술치료학과에 개설된 전공 교과목을 이미 수강한 경우가 많고, 다양한 활동과 실습 등을 통해 인문치료와 관련된 학습 경험을 축적해 왔기 때문이다. 따라서 3차시, 4차시 수업에서는 교수자의 개입 없이 구성원들끼리 자유로운 의견 교환을 통해 자신의 배움을 나누어 주고 동료의 조언을 수용할 수 있도록 하여, 이를 통해 학습 효과를 높이는 것은 물론 공동체 의식과 협력 의식을 심어 줄 수 있도록 수업을 진행하였다.

먼저 16명의 학생은 각각 15분씩의 프레젠테이션을 통해 자신이 구성한 프로그램의 제목, 글쓰기치료의 대상과 대상 선정 이유, 자신의 전공과 글쓰기치료를 접목한 부분, 프로그램의 전체 회기 구성, 각 회기의 진행 과정 및 사용되는 글쓰기 종류, 프로그램의 기대효과 등에 대해 발표하였다. 그리고 동료 학습자들은 친구의 발표를 들으며 개개인에 대한 평가지를 작성하였다. 평가지의 형식은 프로그램의 장점 · 단점 · 질문 등을 적는 서술식 항목으로 구성하였고, 마지막으로 5점 만점의 별점 주기를 통해 동료 발표에 대한 순위를 매겨 보도록 하였다. 학생들은 친구의 발표를 들으며 프로그램의 독창성과 기발함, 전공과의 접합도, 대상 선택의 적절성과 회기 구성의 논리성 등에 관한 자신의 생각을 자유롭게 평가지에 작성하였다. 그리고 자기 나름의 기준대로 친구들의 과제에 대한 별점 순위를 매겨 봄으로써, 자신의 프로그램과 비교했을 때 친구의 프로그램에서 본받을 만한 요소, 이상적인 프로그램의 조건, 자신이 보완해야 할 중요 포인트 등도 확인하였다. 〈표 5〉는 동료의 발표를 들으며, 학생들이 작성한 평가지의 일부분이다.

| 표 5 | 동료의 글쓰기치료 프로그램에 대한 개별 평가 예시

Ⓐ 자신의 전공에 맞게 철학상담을 이용한 것이 인상적이다. 사회의 고정관념, 집단의 특징 등 다양한 관점을 고려했던 것이 전문적이었다. 그러나 진로에 대한 고민으로 스트레스를 받는 내담자에게 전문적인 지식이 필요한 철학상담은 자칫 더 큰 스트레스를 제공할 수도 있을 듯하다. 내담자의 고민이 평가받는 자신의 지위, 상황에 대한 고민인데 자신의 세계관에 대한 평가와 치료사의 개입으로 인해 자아 부정 등의 부정적 역동이 일어날 수도 있을 것 같다. ★★★☆☆

Ⓑ '가치관 차이로 갈등을 겪는 커플'이라는 공감할 수 있는 주제를 잘 선정한 것 같다. 영상 등을 활용한 점이 좋았고, 상대방 입장에서 시나리오를 써 본다는 점이 매우 흥미로웠다. '공감', '유대감' 등 서로의 감정을 나누고 서로를 이해할 수 있는 좀 더 깊이 있는 활동이 추가된다면 더 좋을 것 같다. ★★★★☆

Ⓒ 미술치료와 글쓰기치료의 공통점을 이야기하며 진행하려는 프로그램의 타당성 및 정당성을 잘 설명하였다. 다양한 미술작업을 통해 내담자의 감정 승화가 잘 될 것 같고, 각 회기에 대한 구성이 탄탄하였다. 다만 글쓰기치료보다 미술치료에 더 치중된 느낌이며, 미술에 평소 흥미가 없는 내담자에게는 좀 버거울 것 같다는 생각이 든다. ★★★☆☆

Ⓓ 전공과 관련해 분재라는 소재를 사용해서 새로운 치료법을 제안한 것이 흥미로웠다. 동반자 식물을 가꾸고 함께하는 것이 신선하였고, 다양한 감각의 활용이 가능할 것 같다. 다만 식물이나 분재를 키우기 어려워하는 내담자나 식물을 키우는 것에 큰 의미를 느끼지 못하는 내담자들에게는 어떻게 프로그램을 적용할지에 대한 충분한 고민이 필요할 것 같다. ★★★★☆

발표자의 글쓰기치료 프로그램에 대한 프레젠테이션이 끝난 후, 학생들은 자신이 작성한 평가지의 내용을 토대로 발표자에게 자신이 생각한 프로그램의 장점과 단점, 보완이 필요한 점 등을 설명하고, 궁금한 점에 대하여 자유롭게 질문하였다. 자신의 의견을 강압적으로 내비치기보다는 프로그램의 독창적인 부분이나 흥미로운 지점들을 칭찬하며 발표자를 지지 및 격려하였고, 보완이 필요하다고 생각하는 부분을 설명할 때에는 자신이 생각하는 개

선 방향 등을 함께 제시하였다. 교수자 또한 먼저 개입하기보다는 학생들의 의견 교환이 모두 이루어진 후, 교수자의 의견과 함께 논의된 내용들을 종합하여 정리해 주었다.

이처럼 3차시와 4차시 수업에서는 문제해결안을 발표하고, 동료 학생들의 피드백을 통해 보완이 필요한 부분을 확인함으로써 새로운 해결안 도출의 시간을 가졌다. 상대의 의견을 존중하며 서로의 생각을 공유하는 긍정적인 피드백을 통하여, 학생들은 문제해결을 위해 상호 협력하는 배움의 공동체를 실천하였다.

같이 수업을 들었던 다른 학우들의 아이디어에 큰 감명을 받았다. 나도 더 구체적이며 동시에 더 실용적인 글쓰기치료 프로그램을 구상해야겠다고 느꼈다. 타인들끼리의 만남인 글쓰기치료 현장에서, 서로의 공감과 지지, 피드백 등이 얼마나 큰 위로와 변화의 시작이 될 수 있는지에 대해 느낄 수 있었다. 글쓰기치료의 양분이 되는 텍스트들의 다양함에 대해서도 실감할 수 있었다.

(국어국문학과, ○○○)

실제로 글쓰기치료 프로그램을 구성하는 것이 굉장히 어렵게 느껴졌다. 각 회기를 진행하며 참여자들에게 어떤 영향을 미칠지, 효과가 있을지, 더 좋은 방법은 무엇이 있을지를 계속 고민하게 되었다. 그러나 발표 후, 친구들의 피드백 덕분에 잘못된 점이나 부족한 점을 쉽게 파악하고 수정할 수 있게 되어 다행이다. 다른 사람들의 발표로 폭넓은 글쓰기치료의 종류를 확인할 수 있었고,

여러 기법들을 통해 어떤 치유적 효과들이 발생하는지를 예측할 수 있어 유익한 시간이었다. **(전자통신공학과, OOO)**

위의 성찰일지에서도 확인할 수 있듯, 학생들은 친구들과의 활발하고 긍정적인 상호작용을 통해 문제 해결 과정에서 혼자 고민했던 부분과 의문점들을 함께 나누고, 친구들의 의견을 반영하여 더 좋은 프로그램을 완성할 수 있었다. 글쓰기치료에서 중요시하는 공감과 지지, 피드백 등의 치유 기제를 직접 체험하고, 친구들의 발표를 통해 글쓰기치료에서 사용될 수 있는 다양한 텍스트들과 적용 기법을 확인함으로써, 글쓰기치료에 대한 이해 또한 확장할 수 있었다. 이처럼 PBL을 접목한 본 수업 모델은 상호 존중 속에서 자신의 생각을 전달하고 타인의 의견을 수용할 수 있는 능력, 비판적으로 사고할 수 있는 능력, 효과적인 의사소통 능력 및 협동학습 능력을 기르는 데 긍정적인 계기를 제공하였다.

융복합 수업 모형의 의미와 가능성

지금까지 본 장에서는 강원대학교 전공융합 교과목인 〈글쓰기치료〉에 PBL(문제중심학습)을 접목한 새로운 수업 모형을 제시함으로써, 복수전공 또는 부전공으로 운영되는 전공융합 교과목이 학생들의 기존 전공과 융합할 수 있는 방안, 실용성을 강조하는 대학 교육에서 학생들의 자기주도력과 문제해결력, 의사소통 능력을 기를 수 있는 수업 방안 등에 대해 논의하였다. 5차시 동안 진행된 본 수업 모델은 코로나19로 인한 조별 활동의 제약으로, PBL의 6단계 절차를 일부 수정하여 문제 제시→문제 확인→문제 해결을 위한 자료 수집→개인별 문제해결안 발표→구성원들의 피드백을 통한 문제 재확인 및 해결안 도출→학습 결과 정리 및 평가의 순서로 진행하였다. 교수자가 학생들에게 제시한 문제는 〈대학생들을 위한 글쓰기치료 프로그램〉 설계하기이며, 문제 해결을 위한 필수 조건으로 첫째, 현재 대학생들의 심리적 문제를 찾아 이를 내담자의 주 호소원으로 삼을 것, 둘째, 자신의 전공 교과목과 글쓰기치료 교과목을 접목한 글쓰기치료 프로그램을 구성할 것을 요구하였다. 그 결과 다음과 같은 논의를 이끌어 낼 수 있었다.

첫째, 교수자가 제시한 문제를 확인한 학생들은 현재 자신의 고민과 스트레스에 대한 탐색, 친구나 선후배와의 인터뷰를 통한 주변인들의 심리적 문제 탐색, 뉴스 기사를 통한 사회적 문제 탐색 등을 바탕으로 프로그램의 대상과 프로그램의 목표·회기 등을 적극적으로 설계하였다. 실생활과 밀접하게 관련된 문제를 찾아 스스로 탐색해 나가는 과정을 통하여 학생들은 PBL에서 강조하는 자기주도적 학습능력, 문제분석력, 적절한 학습 자원을 찾고 활용하는 능력 등을 기를 수 있었으며, 타인의 문제와 세계에 대한 관심을 확장하는 계기가 되었다.

둘째, 프로그램의 대상을 선정한 학생들은 자신의 전공 교과목에서 치유적으로 활용할 수 있는 환경(숲·자연)이나 매체(SNS·블로그 · 영상), 텍스트(동화 · 소설 · 시), 활동(시나리오 제작 · 미술 작업) 등의 다양한 요소를 찾고 글쓰기치료 과정에 이를 접목함으로써 자신만의 개성 있는 글쓰기치료 프로그램을 구성하였다. 사전 지식과 새로운 지식을 통합하는 과정 속에서 학생들은 논리적으로 사고하는 능력과 종합적인 문제해결력을 기를 수 있었으며, 전공 과목과 부전공(복수전공) 교과목인 글쓰기치료가 결합하는 과정을 직접 설계하고 체험해 봄으로써, 새로운 영역 탐색에 대한 즐거움과 융복합 학문의 무한한 가능성을 확인하는 계기가 되었다.

셋째, 각자 구성한 글쓰기치료 프로그램(문제해결안)을 발표하고, 동료 학생들의 질문과 피드백을 통해 보완이 필요한 부분을 확인하고 개선함으로써, 좀 더 발전한 글쓰기치료 프로그램을 완성하였다. 문제 해결을 위해 상호 협력하는 배움의 공동체 속에서 학생들은 상대의 의견을 존중하며 서로의 생각을 공유하는 긍정적인 상호작용을 경험하였고, 이를 통해 자신의 생각을 전달하고 타인의 의견을 수용할 수 있는 능력, 비판적으로 사고할 수 있는 능력, 효과적인 의사소통 능력 및 협동학습 능력 등을 기를 수 있었다. 더불어 글쓰기치료에서 중요시하는 공감과 지지 · 피드백 등의 치유 기제를 직접 체험하고, 친구들의 발표를 통해 글쓰기치료에서 사용될 수 있는 다양한 텍스트와 방법론 등을 확인함으로써, 글쓰기치료에 대한 이해 또한 확장할 수 있었다.

이처럼 초연결시대, 창의성과 실용성을 강조한 융복합 교육이 효과적으로 실현되기 위해서는 학생들의 관심과 흥미를 높이고, 자기주도력과 적극성을 극대화할 수 있는 수업 모형이 필요하다.

특히 기존의 전공 교과목과 융복합 교과목 사이의 괴리감에서 벗어나, 새로운 학문 영역을 유연하게 받아들이고 학문에 대한 이해와 시야를 넓힐 수 있는 창의적인 수업 모형이 필요하다. PBL을 활용한 본 글쓰기치료 수업 모형은 학생들의 자기주도력과 문제해결력, 협동학습 능력 등을 기르는 데 효과적일 뿐만 아니라, 다양한 학문의 결합을 통해 통합된 지식 기반을 획득하는 데 유효하다. 뿐만 아니라 자신만의 글쓰기치료 프로그램을 완성하는 과정을 통해 학생들은 교과목 및 학문에 대한 성취감과 만족감을 경험할 수 있으며, 예비 사회인(글쓰기치료사)으로서 필요한 자질을 직접 체험하고 획득함으로써, 진로 탐색과 직업 선택에도 긍정적인 영향을 미칠 수 있을 것이라 기대한다.

참고문헌

채연숙,《글쓰기치료》, 경북대학교출판부, 2010.
최왕규,《자기주도 심리치료와 글쓰기》, 한국학술정보, 2019.
최정임 · 장경원,《PBL로 수업하기》, 학지사, 2015.

캐슬린 아담스,《저널치료》, 강은주 · 이봉희 옮김, 학지사, 2006.

강원대학교 미래융합가상학과 홈페이지 (https://multimajor.kangwon.
    ac.kr)
한국교육개발원 대학역량진단센터 홈페이지 (https://uce.kedi.re.kr)

초연결시대 독서의 의미와
치유적 가치

이 글은 2021년 6월 《독서치료연구》 제13권 제1호에 실린 원고를 수정하여 재수록한 것이다.

초연결시대의 도래와 현대인의 독서 양상

현대사회는 정보통신 네트워크와 인공지능의 발달로 인해 인간과 인간, 인간과 사물, 사물과 사물 등의 연결 범위가 확장되고 시간과 공간의 제약이 극복되는 초연결사회Hyper-connected Society이다. 초연결시대의 도래로 인해 현대인들은 새로운 소통 방식과 행동 양식, 새로운 부의 창출 등 다양한 삶의 변화를 맞이하게 되었고, 고도로 확장된 메타적 연결망 속에서 국가와 언어, 이념과 사상 등의 경계가 허물어지는 동시에, 매순간 다양한 세계가 새롭게 재구성되고 있다. 인공지능 · 사물인터넷 · 소셜네트워크 · 빅데이터 등 초연결시대의 기술 발달은 바쁜 현대인들에게 맞춤형 서비스와 편리성을 제공함으로써 인간의 노동력과 시간을 절감시켜 주고, 사회구조와 문화 · 경제의 패러다임을 변화시킨다는 점에서 무한한 가능성과 잠재력을 지니고 있다. 그러나 동시에 초연결사회로의 급격한 변화는 정보의 빈부격차, 가짜뉴스, 사이버 공격, 해킹 등의 사회적 · 윤리적 문제부터 주체성의 상실, 고립과 소외, 피로와 우울 등의 개인적 · 심리적 문제까지 예측하지 못한 다양한 결과들을 파생시킨다. 산업사회에서의 능동적 · 자발적 연결과 달리 초연결사회의 연결은 수동적 · 비자발적 연결을 동반하기 때문이며, 인간에게 있어 이질적인 것과의 연결은 두려움과 불안 등의 실존적 문제들을 야기하기 때문이다. 어쩌면 유발 하라리Yuval Harari의 염려처럼 신기술의 홍수, 데이터의 흐름에 따라 돌아가는 이 세계는 인간의 욕망을 조종함으로써 인간의 자유의지를 상실하게 하고, 기술은 지난날 인간이 동물들에게 한 일을 그대로 인간에게 되돌려 줄지도 모른다.[1] 이처럼 초연결사회는 동전의 양면처럼 밝음과 어둠이 함께 존재하며, 엄청난 파급력과 속도로 정치·경제·사회·문화 등 인류의 삶 전반에 큰 변화를 가져오고 있다.

초연결사회로의 이행은 인간의 모든 생활양식에 관여하며, 현대인의 독서 형식과 독서량에도 큰 영향을 미치고 있다. 문화체육관광부에서 2년마다 실시하는'국민 독서실태 조사'[2]에 따르면, 2019년 성인의 종이책 연간 독서율(1년간 일반 도서를 1권 이상 읽은 사람의 비율)은 52.1퍼센트로 2017년 대비 7.8퍼센트 줄어들었고, 독서량은 6.1권으로 2.2권이 줄어들었다. 초·중·고교 학생의 경우 종이책 연간 독서율은 90.7퍼센트로 2017년 대비 1.0퍼센트 감소하였고, 독서량은 32.4권으로 3.8권 증가한 것으로 나타났다. 특히 성인의 종이책 독서율(52.1퍼센트)은 10년 전인 2009년의 종이책 독서율(71.7퍼센트)과 비교했을 때 20퍼센트나 감소한 것으로 나타났는데, 이번 조사에서 주목할 점은 현대인들이 독서의 가장 큰 장애 요인으로 '책 이외의 다른 콘텐츠 이용'(29.1퍼센트)을 꼽았다는 점이다. 이는 디지털 환경에서의 매체 이용 다변화가 독서율 하락의 중요한 원인 중 하나임을 여실히 보여 준다.

----

[1] 유발 하라리,《호모데우스》, 김명주 옮김, 김영사, 2017, 548~549쪽.

[2] 문화체육관광부가 만19세 이상 성인 6천 명과 초등학생(4학년 이상) 및 중·고등학생 3천 명을 대상으로 2019년 12월 중순~2020년 1월 말 전국 단위로 실시하였으며, 성인은 가구 방문을 통한 면접조사로, 학생은 학교 방문을 통한 설문지조사로 실시하였다. 표본오차는 95% 신뢰수준에서 성인 ±1.7%, 학생 ±1.8%이다. '2019년 국민 독서실태 조사' 보고서는 문화체육관광부 누리집에서 다운받을 수 있다.

또 한 가지 주목할 점은 '전자책' 독서율의 증가와 '오디오북'의 사용 등 독서 형태의 변화이다. 전자책 독서율은 성인 16.5퍼센트, 학생 37.2퍼센트로 2017년보다 각각 2.4퍼센트, 7.4퍼센트 증가했으며, 2019년 처음 조사한 오디오북 독서율은 성인 3.5퍼센트, 학생의 경우는 18.7퍼센트의 높은 수준을 보였다. 매일 이용하는 빈도가 가장 높은 읽기 매체로는 성인의 경우 '인터넷신문'(27.9퍼센트)을, 그리고 학생의 경우는 '웹툰'(36.6퍼센트)을 꼽았다.

이처럼 초연결시대의 디지털 환경과 시 · 청각 매체의 다양화는 세대와 연령에 상관없이 현대인의 독서 양식과 독서 형태에 큰 영향을 미치고 있다. 이러한 흐름에 맞춰 분량이 압축되고, 강렬한 인상과 분위기, 이미지를 활용한 미니멀리즘 서사와 스마트소설 등이 디지털 시대 새로운 창작 경향으로 대두되고 있으며, 철학 · 과학 · 문학 · 역사 · 경제 · 사회 등 다양한 분야의 정보와 지식을 접목한 융합적 성격의 책[3]들이 출판되고 있다. 그렇다면 초연결시대를 살아가는 현대인들이 책을 이용하는 목적은 무엇이며, 책을 통해 어떠한 정보들을 얻고자 할까?

2020년 한 해 동안 가장 많이 판매된 책들의 순위를 살펴보면,

---

3 대표적인 예로 2020년 12월 말에 새로이 출간된 서평전문지 《서울리뷰오브북스》를 들 수 있다. 이 책은 철학 · 역사 · 문학 · 한국어학 · 정치학 · 경제학 · 사회학 · 인류학 · 자연과학 · 과학기술사 · 건축학 · 미디어 분야를 대표하는 열세 명의 전문가들이 근래에 신문과 잡지, 학술지, TV와 팟캐스트 등 다양한 매체를 통해 주목받고 있는 책들을 소개하고, 평자의 시각과 학식에 근거한 객관적인 비평을 통해 세상의 '변화와 차이'를 만들어 내는 것을 목표로 한다. 2020년 12월 말 《서울리뷰오브북스》 0호가 출간되었으며, 2021년 3월 《서울리뷰오브북스》 1호가 공식 창간되었다.

경제 관련 서적과 자기계발서 들이 상위권에 링크된 것을 확인할 수 있다.[4] 특히 예스24의 '2020년 베스트셀러 분석 및 도서판매 동향 발표'에 따르면, 주식투자 관련 서적들의 판매가 큰 폭으로 증가한 것을 확인할 수 있으며,[5] 포스트코로나 시대를 전망하는 도서, 홈스쿨링 도서, 미디어셀러 등이 인기를 끌었음을 알 수 있다. 이처럼 초연결사회는 인간의 독서 형태에 영향을 미치고 있으며, 역으로 현대인들의 독서 양식과 형태, 책의 소비 동향 등을 통해 현대사회의 변화와 흐름은 물론, 현대인의 욕망과 관심 등을 확인할 수 있다.

지금까지 살펴보았듯이, 초연결시대 독서의 위상은 많은 변화를 겪고 있다. 종이책의 독서율이 줄어들긴 했지만 다매체를 활용한 독서율은 꾸준히 증가하는 추세이며, 책의 소비 동향을 통해

---

[4] 2020년 베스트셀러 순위

순위	도서명	저자명	분야
1	더해빙(The Having)	이서윤, 홍주연	자기계발
2	돈의 속성	김승호	경제/경영
3	아몬드	손원평	소설
4	하버드 상위 1퍼센트의 비밀	정주영	자기계발
5	지적 대화를 위한 넓고 얕은 지식:제로 편	채사장	인문
6	존리의 부자되기 습관	존 리	경제/경영
7	주식투자 무작정 따라하기	윤재수	경제/경영
8	흔한남매. 3	백난도	어린이
9	해커스 토익 기초 보카	데이비드 조	수험서 자격증
10	내가 원하는 것을 나도 모를 때	전승환	인문

출처: 교보문고 홈페이지

[5] 최근 3년간 투자/재테크, 주식/증권 분야 도서 판매 증감률

기간	투자/재테크 분야 판매 증감률	주식/증권 분야 판매 증감률
2018년	-	-
2019년	-4.2%	-9.4%
2020년	118.2%	202.1%

* 2020년은 1.1. ~11.30. 출처: 예스24 홈페이지

시대의 변화 추세와 흐름, 현대인들의 주요 관심사 등을 면밀하게 확인할 수 있다. 독서는 인간의 삶과 밀접한 관련이 있으며, 책을 통해 새로운 정보와 지식을 얻고, 위로와 즐거움을 얻으며, 교양과 상식을 쌓으려는 현대인의 욕망은 과거에도 그랬듯, 현재에도 여전히 유효한 것이다.

따라서 마지막 다섯 번째 장에서는 초연결시대의 특징과 문제점 등을 중심으로 초연결시대 독서의 의미와 치유적 활용 가능성 등을 탐색해 보고자 한다. 강한 연결의 함정을 인식하지 못한 채 좀 더 다양한 대상들과 좀 더 강하게 연결되기를 욕망하는 현대인들에게, 알고리즘이 이끄는 대로 자신의 시간과 정신을 맡김으로써 개인의 주체성을 상실해 가는 요즘 세대에게 독서, 특히 '종이책 형태의 독서'는 '달고도 효과 좋은 약'이 될 수 있기 때문이다. 초연결시대의 독서는 강한 연결에 노이즈를 발생시킴으로써 강한 연결로부터 인간을 분리해 내고, 현대인들로 하여금 주체적이고 생산적으로 사유케 할 수 있는 충분한 가능성을 갖고 있다.

이러한 초연결사회의 문제의식과 독서의 가능성을 바탕으로 본 장에서는 감시자본주의 사회와 현대인의 주체성에 관한 문제, 스펙터클의 사회와 현대인의 병리성에 관한 논의를 전개하고자 한다. 나아가 초연결시대의 독서가 추구해야 할 방향성과 그 치유적 역할, 초연결시대 독서의 가치 등에 대하여 살펴보고자 한다.

감시자본주의 사회와 현대인의 주체성

현대인들은 업무 시간뿐만 아니라 여가 시간, 식사 시간, 수면 시간 등 대부분의 시간을 보이지 않는 수많은 연결망 속에 연결된 채 살아간다. 우리가 자는 동안에도 유튜브와 넷플릭스의 알림이 울리고, 우리의 게시글에 댓글과 좋아요가 달린다. 이러한 연결들은 마치 우리의 인간관계가 넓어지고, 다양한 지식과 정보들을 얻음으로써 우리의 삶이 더 풍요로워지는 것 같은 환상을 자아내지만, 인터넷은 '계급을 고정하는 도구이며, 공동체의 인간관계를 더욱 깊게 고정시켜 그곳에서 벗어나지 못하게 하는 미디어'[6]이다. 과잉 접속 상태는 자신을 실제보다 더 효율적이라 믿게 만들고, 멀티태스킹은 현대인에게 모든 활동들을 더 잘하고 있다는 착각을 불러일으키지만, 아이러니하게도 모든 활동의 질은 저하되고, 우리의 기분과는 별개로 생산성은 떨어진다.[7] 이처럼 초연결시대의 기술은 분명 우리에게 생활의 윤택함과 편리함을 가져다주었지만, 초연결시대의 무한한 가능성 뒤에는 거대 테크 기업들의 교묘한 술수와 보이지 않는 정치권력, 전체주의의 위험성 등이 내재되어 있다.

초연결시대, 우리가 가장 주목해야 할 단어는 '감시자본주의'이

---

6 아즈마 히로키, 《약한 연결》, 안천 옮김, 북노마드, 2016.
7 셰리 터클, 《대화를 잃어버린 사람들》, 황소연 옮김, 민음사, 2018, 66쪽.

다. 감시자본주의[8]는 미국의 쇼샤나 주보프Shoshana Zuboff가 2019년에 처음 사용한 용어로, 인간 행동이 만드는 데이터들을 기업이 직접 수집하여 수익을 창출하는 자본주의 구조를 일컫는다. 디지털 환경에서 데이터는 우리의 모든 행동을 기록한다. 누가 어떤 기사를 읽고 어떤 영상을 시청했는지, 무엇을 검색하고 무엇을 샀는지, 언제 누구와 연락을 주고받았으며, 어떤 댓글을 달았는지 등 우리의 행동 하나하나가 데이터로 산출되고 축적된다. 데이터는 마치 사용자의 정신을 들여다보는 엑스레이와 같다. 그런데 문제는 개인의 사생활이 담긴 데이터들이 구글, 페이스북, 아마존 등과 같은 거대 테크 기업에게 넘어간다는 것이다. 예를 들어 구글은 연령별, 성별로 어떤 시간대에 어떤 종류의 상품과 콘텐츠들이 가장 많이 검색되고 소비되는지를 알고 있다. 페이스북은 사용자들이 어떤 포스트에 '좋아요'를 눌렀는지를 통해 어떤 사용자가

---

8 감시자본주의의 논리를 정리하면 다음과 같다. 디지털 미디어와 감시자본주의의 공모 과정은 디지털 미디어를 운용하는 거대 테크 기업이 '행동잉여Behavioral surplus', 즉 사용자가 산출하는 데이터 배기가스를 수집·정제하여 가상의 사용자 모델을 산출하는 것으로 시작한다. 그리고 '예측상품prediction products'이라고 하는 이 사용자 모델은 '행동 선물 시장behavioral futures markets'이라고 불리는 새로운 종류의 시장에서 행동 예측을 위해 거래된다. 이 프로세스는 고도의 감시 및 행동유도 기술을 기반으로 은밀하게 진행되기 때문에 우리는 그 과정과 순간들을 제대로 인지할 수 없다. 게다가 이 프로세스는 빅 아더Big Other라 불리는 거대한 시스템을 통해 운용되므로 무한히 순환하고 시간이 갈수록 더 강화된다. 결국 감시자본주의 사회에서 개인들은 자신의 욕망과 행동을 자유롭게 주체적인 선택의 결과라고 오인한 채 살아갈 수밖에 없다. 말 그대로 디지털 미디어를 중심으로 한 거대한 감시자본주의 환경이 우리의 주체성을 송두리째 빼앗아 가고 있는 것이다. Shoshana Zuboff, *The age of Surveillance Capitalism–The Fight for a Human Future at the New Frontier of Power*, Profile Books, 2019, pp. 3-24.

초연결시대 독서의 의미와 치유적 가치 |

어떤 정치적 성향을 가지고 있는지를 잘 알고 있다. 이처럼 우리의 행동들은 모두 감시 · 추척 · 측량의 대상이 되며, 거대 테크 기업들은 수집된 데이터를 통해 현대인들의 다양한 욕망과 행동 패턴을 분석한다. 그리고 수집된 데이터들은 시장에서 거래될 수 있는 재화로 바뀌어 당사자들 모르게 사고 팔린다. 감시자본주의 사회에서 디지털 연결은 이제 내가 아닌 다른 사람의 상업적 목적을 위한 수단이 되고, 개인의 정보와 행동 패턴들은 상품으로 전락하여 다양한 기업들에 거래된다.

더욱 문제시되는 것은 거대 테크 기업들이 축적한 데이터들을 '행동심리학'과 접목시켜 현대인들의 행동을 예측하고 대신 판단한다는 것이다. 유튜브와 넷플릭스에서 두세 개의 콘텐츠를 시청하면 알고리즘에 의해 우리에게 자동으로 관련 영상들이 추천된다. 우리는 필요에 의해 자신이 보고 싶은 콘텐츠를 검색하고 선별하여 보는 대신, 알고리즘이 추천해 주는 콘텐츠를 무의식적으로 클릭하게 된다. 알고리즘은 사고를 자동화함으로써 인간의 수고로움을 덜어 주기 위해 개발되었지만, 알고리즘은 인간에게 선택의 부담감을 없애 주는 대신 인간의 자유의지를 빼앗았다. 알고리즘은 우리의 결정을 대신하는 것뿐만 아니라 우리로 하여금 더 많은 콘텐츠를 시청하게 하고, 더 많은 상품을 구매하게 하며,[9] 더

---

9 자본주의는 소비심리를 부추기고, 사람들의 뇌를 이용해서 그들이 한 번도 필요하다고 생각해 본 적 없는 제품에 대한 욕구를 자극할 수 있게 되는 날을 꿈꿔 왔다. 데이터는 이 오랜 꿈이 실현되도록 돕는다. 테크 독점기업들은 자신들이 모은 데이터를 가지고 실험을 반복해서 트렌드 예측 능력을 갖추고, 소비자를 더 잘 이해하고, 우수

오랜 시간을 플랫폼에 머물도록 한다. 사람들의 행동을 짐작할 수 있으면, 더 쉽게 사람들을 조종할 수 있다. '알고리즘은 사람들이 플랫폼을 벗어나지 못하게 만드는 장치이며, 사람들의 트래픽과 행동을 통제하는 절대권력'[10]이다. 인간의 고유한 주체성은 사라지고, 알고리즘화된 인간만이 가상에 포섭된 실재를 증명한다. 실재는 가상이 조직된 방식과 같은 방식으로 재조직되며, 인간은 스스로 가진 종적 특이성을 상실한 채, 컴퓨터 알고리즘과 같은 사이보그로 변화하고 있다.[11] 이제는 인간처럼 사고하는 로봇이 아닌, '로봇처럼 사고하는 인간'들이 만들어지고 있는 것이다.

이처럼 초연결시대의 디지털 미디어 환경 속에서 인간의 주체성과 존재적 개별성은 점차 상실되고 있으며, 인간의 기계화는 점점 현실이 되어 가고 있다. 그러나 우리를 더욱 괴롭게 하는 사실은 위와 같은 상황들이 디지털 미디어 사용자인 우리의 자발적 참여와 의식적·무의식적 동의를 바탕으로 순환·심화된다는 것이다. 우리는 초연결 네트워크와 감시 기술, AI 알고리즘과 행동유도 기술, 사용자이자 예측상품으로서의 인간 등 '감시자본주의'의 함정과 위험성을 인지하지 못한 채, 더 많은 것들에 연결됨으로써 더 많은 정보와 지식들을 얻길 원한다. 공짜 콘텐츠들이 범람하는 시대에 세계의 정치와 경제가 어떻게 작동하고 있는지, 거대한 자

한 알고리즘을 만들어 낼 수 있다. 데이터는 시장의 기능을 증폭시킬 것이다. 프랭클린 포어, 《생각을 빼앗긴 세계》, 이승연 외 옮김, 반비, 2019, 238~239쪽.

10 주영민, 《가상은 현실이다》, 어크로스, 2019, 255쪽.

11 주영민, 《가상은 현실이다》, 163쪽.

초연결시대 독서의 의미와 치유적 가치 |

본주의 체계와 연결망 속에서 나의 위치는 어디쯤인지 고민하거나 알아채지 못한 채, 우리는 단지 수많은 연결들 속에서 끊임없이 데이터를 생산하고 소비하고 전달할 뿐이다.

> 과거에 검열은 정보의 흐름을 차단하는 방식으로 작동했지만, 21세기의 검열은 사람들에게 관계없는 정보들을 쏟아붓는 방식으로 작동한다. 사람들은 무엇에 집중해야 하는지 모르고, 그래서 중요하지 않은 쟁점에 대해 조사하고 논쟁하느라 시간을 보낸다. 과거에는 힘이 있다는 것은 곧 데이터에 접근할 수 있다는 뜻이었으나, 오늘날 힘이 있다는 것은 무엇을 무시해도 되는지 안다는 뜻이다. (유발 하라리, 2017:542)

유발 하라리의 언급처럼 우리는 범람하는 정보들 속에서 무엇이 중요한 정보이며, 나에게 필요한 정보인지를 선별할 수 있어야 한다. 가짜뉴스들이 즐비하는 디지털 세계에서 어떤 것이 진짜이고 어떤 것이 가짜인지를 판별해 낼 수 있어야 하며, 정보에 대한 접근 여부를 스스로 통제할 수 있어야 한다. '공산주의와 자본주의의 대립이 20세기의 투쟁이었다면, 21세기의 논쟁은 통제와 자유의 대립[12]이 될 것이라는 예언처럼 현대인들은 '보이지 않는 통제'와 '넘쳐 나는 자유' 사이에서 아슬아슬하게 줄타기하고 있다. 줄에서 떨어지지 않으려면 우리는 초연결 네트워크의 감시 기술

12　로렌스 레식, 《코드 2.0》, 김정오 옮김, 나남출판사, 2009.

과 행동유도 기술, 인간의 행동이 상품으로 거래되는 자본시장 등 초연결사회가 작동하는 방식과 함정들을 깨달아야 한다. 그리고 인공지능의 알고리즘에 빼앗겨 버린 우리의 주체성과 존재적 개별성을 다시 회복해야 한다.

새로운 방식으로 생각하고 행동하는 것은 결코 쉬운 일이 아니다. 우리의 사고방식과 행동 패턴들은 대부분 현 시대의 이데올로기와 시스템에 얽매여 있기 때문이다. 그렇다면 이러한 현실에서 어떻게 빠져나올 것인가, 어떻게 바꿀 것인가, 어떻게 되찾을 것인가. 가상의 세계에서는 그 답을 찾을 수 없다. 디지털 세계는 노이즈가 없으며, '좋아요'와 같은 긍정성과 매끄러움만 강조되기 때문이다. 초연결사회의 강한 연결에서 벗어나기 위해서 우리는 책의 도움을 받을 수 있다. 예로부터 궁금한 정보와 지식들을 책에서 얻었듯, 책을 통해 마음의 위안을 얻었듯, 책을 통해, 그리고 책을 읽는 행위를 통해 우리의 인간성人間性을 회복하고, 존재적 개별성과 주체성을 회복할 수 있는 방안들을 탐색해야 할 것이다.

스펙터클의 사회와 현대인의 병리성

과학기술의 세계, 미디어의 세계는 매혹적이다. 현대인들은 오프라인 속 현실만큼이나 온라인 속 가상세계에 몸과 마음, 시간과 정신을 빼앗기고 있다. 새로운 정보와 자극들이 넘쳐 나는 풍요 속에서 현대인들은 강하게 연결되지 못하거나, 지속적인 온라인 자극에 노출되지 않으면 쉽게 불안해지고 초조해진다. 연결에서 소외되지 않기 위해, 강한 연결 속에서 좀 더 강렬한 자극을 느끼고 자신의 존재감을 확인하기 위해 현대인들은 연결에 더욱 집착한다. 진화적인 관점에서 인간이 지식에 목말라하는 것은 당연하다. 주변 환경에 대해 더 많이 알아야 생존 가능성이 더욱 커지기 때문이며, 온라인상에서 새로운 자극과 신선한 정보들을 받아들일 때, 뇌에서 도파민이 분비되어 기분이 좋아지는 효과를 경험하기 때문이다.[13] 그러나 현대인들은 자신이 감정적으로 흥분되거나 위험과 관련된 내용들을 더욱 추구한다는 사실을, 문자나 SNS의 글을 읽을 때보다 '알림음'을 들었을 때 뇌에서 더 많은 도파민이 분비된다는 사실을 알지 못한다.[14] 행동과학자와 신경과학자들을 고용해 뇌의 보상 시스템을 연구하는 '기업'만이, 우리의 뇌가 불확실한 결과를 얼마나 사랑하는지, 인간에게 얼마나 자주 보상을 해 줘야 하는지를 아주 잘 알고 있다. 그리고 이러한 논리를 바탕으로 기업들은 '스펙터클'의 세계로 인간을 끌어들이고, 점점 세련된 전략과 휘황찬란한 기술들을 사용해 현대인들을 더 강력하게 매료시킨다. 기업들의 목표는 최대한 우리의 시간과 관심을 빼앗는 것이다. 우리가 온라인에 접속하여 페이스북, 인스타그램, 유튜

---

13 안데르스 한센, 《인스타 브레인》, 김아영 옮김, 동양북스, 2020, 75쪽.

14 심리학자들은 사람들의 마음에 호기심을 참지 못하는 상태를 만들어 낼 수 있음을 발견했다. 사람들은 모르는 상태를 편하게 받아들이면서도, 자신이 정보를 갖고 있지 않다는 느낌은 몹시 싫어한다. 소셜미디어 중심 업체인 '업워디'는 '호기심 격차'라 불리는 스타일을 개척했다. 이는 정보를 전부 제공하지 않고 남겨 두어 독자가 스스로 한 발 더 다가오도록 자극하는 방식이다. 프랭클린 포어, 《생각을 빼앗긴 세계》, 179쪽.

브 등을 이용하는 시간이 기업들에게는 광고를 삽입함으로써 판매 수익을 올릴 수 있는 골든타임이기 때문이다. 기업들은 인간의 심리적 취약성과 과학기술을 이용하여 디지털 공간을 다이내믹한 이미지와 영상들로 가득 채우고, 우리의 시간과 정신이 오로지 디지털 세계에만 집중될 수 있도록 현대인의 욕망을 재구성한다.

리처드 도킨스Richard Dawkins는 "우리가 이토록 낯선 환경에 있다는 점을 고려할 때, 현재보다 정신질환을 더 많이 겪지 않는다는 사실이 한편으로 놀라운 일"[15]이라고 말했지만, 스펙터클의 세계, 개인의 욕망이 과학기술에 소외되어 버린 초연결사회에서 현대인들은 피로와 우울, 강박과 불안 등 여러 가지 마음의 병에 조금씩 시들어 가고 있다. 생활은 더 편리해지고 물리적 환경은 더 좋아졌는데 현대인들은 왜 불안해할까? 시공간의 제약 없이 수많은 사람들과 서로 연결되어 교류하고 있는데 왜 점점 더 외롭다고 느낄까? 정신과 전문의이자 베스트셀러 작가인 안데르스 한센Anders Hansen은 "우리가 살고 있는 이 세상은 우리 스스로에게 낯설며, 현재 우리를 둘러싼 세상과 우리가 지금까지 진화해 온 세상 간의 '불일치'가 우리 기분에 영향을 미치고 있다"고 말한다. "수면, 신체활동 그리고 사람들과의 유대감은 명백하게 우리의 정신건강을 지켜 주는 중요한 요인이지만, 이 세 가지가 갈수록 줄어드니 우리의 기분은 나빠질 수밖에 없다는 것"[16]이다. 이처럼 여러 학자들

15   리처드 도킨스, 《이기적 유전자》, 홍영남 외 옮김, 을유문화사, 2018.
16   안데르스 한센, 《인스타 브레인》, 10쪽.

은 놀라운 과학기술의 발달 속도를 현대인들이 따라가지 못하기 때문에 우리의 몸과 마음이 점점 병들어 간다고 주장한다. 그리고 실제로 인터넷과 스마트폰의 과도한 사용은 충동성, 공격성, 주의력결핍, 과잉행동장애 등에 영향을 미치며 우울과 불안, ADHD, 알코올 사용이 인터넷 사용과 연관이 가장 높은 공존 병리임이 국내 연구들을 통해 밝혀지고 있다.[17]

현대인들은 하루에 2,600번 이상 휴대폰을 만지며 깨어 있는 동안 평균 10분에 한 번씩 휴대폰을 들여다본다고 한다.[18] 이제는 스마트폰 등의 전자기기가 우리 몸의 일부가 되어 버렸고, 스마트폰이나 노트북이 없으면 세계와의 연결이 차단되기 때문에 우리는 초조해지고 '불안'해질 수밖에 없다.[19] 그 결과 우리는 더욱 전자기기에 집착하게 되고, 우리의 신경과 정신을 전자기기에 빼앗김으로써 몰입이 힘들어지고 '집중력이 저하'되는 경험을 한다. 업무 중에도, 공부 중에도 좀 더 집중해야 하는 순간이 오면 자동

17 스마트폰 중독은 우울 및 불안과 일관성 있게 높은 상관관계를 보이고 있다. 우리나라 인터넷 중독 위험군의 유병률은 남성이 여성보다 높은 데 반해, 스마트폰중독 유병률은 남성과 여성의 차이가 거의 없고, 청소년 군에서 오히려 여성이 남성보다 스마트폰 중독 유병률이 더 높다. 권미수 외,《2014년 인터넷중독실태조사 보고서》, 한국정보화진흥원, 2015.; 김동일 외, 〈인터넷 중독 및 스마트폰중독이 있는 젊은 남자 성인에서의 공존 정신병리〉,《중독정신의학》, 한국중독정신의학회, 2017, 88~95쪽 참조.

18 안데르스 한센,《인스타 브레인》, 80쪽.

19 인터넷 중독이나 스마트폰 중독에 대한 정신과적 진단 기준은 2013년 DSM-5(정신질환 진단 및 통계 편람)에 '인터넷게임장애Internet Gaming Disorder'라는 진단명으로 처음 제시되었으나, 부록격인 Section Ⅲ에 실려 있으며 향후 연구가 더 필요하다는 단서를 두고 있다. 2019년 발표된 ICD-11(국제 질병 분류체계 11판)에는 'Gaming Disorder(온라인 우세형, 오프라인 우세형)'라는 진단명으로 제시되어 있다.

적으로 휴대폰에 손을 뻗어 아주 쉽게 도피해 버리고, 알림음이 울리면 하던 일을 멈추고 즉시 확인해야 한다는 압박과 '강박'에 시달린다. 그리고 고요한 순간이 찾아오면 습관적으로 휴대폰을 꺼내 SNS를 하거나 유튜브 영상을 시청하거나 인터넷쇼핑을 한다. 주의력과 몰입을 빼앗긴 시대, 지루하거나 무료함을 참기 힘들어진 시대가 온 것이다.

뿐만 아니라 스펙터클의 시대는 '가상의 긍정'만이 강조된 세계이다. 페이스북에는 '싫어요'가 없다. 소셜미디어의 세계에서는 부정성은 제거되고 긍정성만 주목 받는다. 사람들은 '좋아요'를 하나라도 더 얻기 위해 자기 자신을 예쁘게 편집하고, 자신의 일상을 화려하게 포장한다. 나르시시즘, 자기도취의 삶에 취해 자신의 모습을 지나치게 과장하고 긍정하다 보면 본래의 나는 지워져 버리고 거짓된 자기만이 남을 뿐이다. 오로지 자신에게만 집중함으로써 다른 사람에게는 무관심하고, 이로 인해 타인에 대한 공감 능력은 떨어질 수밖에 없다.[20] 더불어 많은 사람들이 SNS 속에 보여지는 타자가 그 사람의 실체라 믿고 타자와 나를 끊임없이 비교함으로써, 상대방을 질투하고 그에 미치지 못하는 자신의 모습에 '우울'해한다. SNS 속 타자의 삶을 따라하지 못하는 자신에게 실

---

20 부정적인 감정은 처리될 때 두뇌의 더 많은 영역을 차지한다. 따라서 온라인에서 많은 시간을 보내면서 긍정적 감정에 반응하는 데 익숙해지면, 더 복잡한 감정을 처리하는 훈련은 이루어지지 않는다. 이는 감정에 대한 사람들의 반응 속도가 느려지는 결과를 초래하며, 소셜미디어를 자주 사용하는 사람들은 자신이나 타인에게 신속히 반응하지 못할 가능성이 있다. 자신에 대한 반응이 느릴 때는 자아성찰의 중대한 능력을 잃게 된다. 셰리 터클,《대화를 잃어버린 사람들》, 64~65쪽.

망하고 좌절하게 되며, 자신의 삶에 대한 행복감과 만족감은 더욱 낮아지게 된다. '긍정'으로 점철된 가상의 세계는 우울과 사회불안 같은 병리적 증상을 양산할 뿐만 아니라, 실존적 존재로서의 나와 나를 둘러싼 현실을 외면하게 만드는 것이다.

스펙터클이라는 개념은 다양한 가상적 현상들을 한데 결집하여 그것들의 원인을 해명한다. 스펙터클의 다양성과 그것들의 대비는 사회적으로 조직된 가상의 가상들이다. 이 가상의 일반적 본질은 마땅히 규명되어야 한다. 스펙터클의 용어 자체에 내재된 것처럼 가상의 긍정, 이를테면 인간의 삶, 사회생활을 단순한 가상으로서 긍정한다. 그러나 스펙터클의 본질을 간파하는 비판은 그것을 삶의 가시적 부정, 가시화된 삶의 부정으로서 폭로한다.

(기 드보르, 2014:19)

지금까지 살펴보았듯, 초연결의 스펙터클한 세계는 인간의 집중력과 몰입 능력을 저하시키고 강박과 불안 등을 양산하며, 긍정성만을 강조함으로써 우울 · 사회불안 · 자존감 결여 등의 문제들을 야기한다. 그러나 기 드보르Guy Debord의 언급처럼 우리는 비판적 능력을 회복함으로써 스펙터클의 긍정성 뒤에 감추어져 있는 부정성을 간파할 줄 알아야 한다. 우리는 그동안 의도적으로 회피해 왔던 디지털 세계의 부정성들을 직시하고 수용할 필요가 있다. 비판적인 사고 능력을 회복함으로써 우리의 삶을 보다 객관적으로 진단하고 자신의 삶을 성찰할 필요가 있다. 그러기 위해서는 우리를 구속해 왔던 강한 연결에서 벗어나 조용히 생각할 수 있는 시간이 필요하다. 연결에서 적당히 분리되어 자신의 내면에만 집중할 수 있는 시간이 필요하다. 독서는 우리와 동행하며 우리의 고독을 함께 나누고, 파편화된 내면을 위무해 줄 수 있는 힘을 지니고 있다. 분산된 관심과 집중력을 회복하고 비판적인 능력을 기르게 하는 놀라운 힘을 지니고 있다. 생각을 빼앗긴 시대, 우리에게 독서가 절실히 요구되는 이유이다.

초연결시대 독서의 의미와 치유적 역할

앞서 언급한 '2019년 국민 독서실태 조사'에 따르면 성인의 58.2퍼센트, 학생의 48.8퍼센트는 '자신의 독서량이 부족하다'고 인식하고 있다. 시대적 변화에 따라 종이책 독서량은 줄어들고 독서의 형태는 변화하고 있지만, 현대인들은 독서의 중요성에 대해 충분히 인식하고 있고 여전히, 어쩌면 더욱 절실히 독서를 필요로 하고 있다. 그렇다면 초연결시대의 독서의 의미와 역할을 논할 때, 우리는 독서의 어떠한 기능과 요소에 주목해야 할까.

〈그림 1〉에 따르면 현대인들이 책을 읽는 목적 상위 다섯 가지는 '새로운 지식과 정보'를 얻고, '마음의 위로와 평안'을 얻기 위해, '교양과 상식'을 쌓기 위해, '시간을 소비'하기 위해, '자신의 업무에 도움'을 받기 위해서이다. 우리가 눈여겨 보아야 할 점은 시간의 흐름에 따른 응답률의 변화 추세이다. 2015년과 2017년 조

| 그림 1 | 현대인들이 책을 읽는 목적

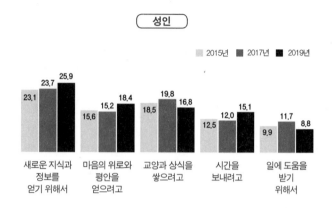

출처: 문화체육관광부 누리집, 〈2019년 국민 독서실태 조사〉, 2020년 2월.

사에서 책을 읽는 중요한 이유를 '마음의 위로와 평안' 때문이라고 대답한 비율은 3위에 불과했지만 2019년에는 큰 폭으로 증가하여 2위를 차지하였다. 초연결사회를 살아가는 현대인들은 책을 통해 '교양과 상식'을 얻기보다는, 초연결의 피로를 달래 주고 자신의 상처를 치유해 줄 수 있는 '마음의 위안'이 더욱 필요한 것이다. 두 번째로 주목할 점은 독서의 목적에 대해 '시간을 보내기 위해'라고 응답한 비율 또한 크게 상승했다는 점이다. 이는 현대인들에게 책을 읽을 수 있는 시간적인 여유가 증가하고 있다는 이야기이며, 동시에 책 읽기를 '킬링 타임' 식의 수동적인 형태로 소비하고 있는 비율이 증가하고 있음을 의미한다. 따라서 우리는 초연결시대 독서의 '치유적 의미'와 '적극적이고 생산적인 활용 방안'을 심도 있게 고민해야 할 필요가 있다. 지금까지 독서의 치유적인 기능은 꾸준히 강조되어 왔고, 관련 연구들도 활발히 이루어졌다. 그러나 초연결시대의 독서는 불안하고 외로운 현대인들에게 일시적인 반창고가 되거나 달콤한 위무 수준에 그치는 것이 아니라, 한 발 더 나아가 초연결시대의 현실과 문제점들을 파악하고 헤쳐 나갈 수 있는 구체적인 지점들을 마련해 주어야 한다. 가장 중요한 것은 책을 대하는 독자들의 적극적인 태도와 수용 방법일 것이다. 우리는 책을 통해 자기치유와 자기강화 등 자신의 내면과 행동의 변화에 초점을 맞춘 단기적 해결책을 모색하기보다는, 외부로 시각을 확장하여 현대사회와 세계 속에서 자신을 바라볼 수 있는 넓은 안목을 기를 필요가 있다. 현대사회가 어떻게 구성되고 어떻게 작동하고 있는지, 우리가 무엇 때문에 피로할 수밖에 없고 소외와 불안, 외로움과 우울 등을 경험하는지를 독자 스스로 고민해야 한다. 즉, 치유적 해결책을 모색하기에 앞서, 초연결시대의 함정과 문제점들을 파악하고 비판적인 사고와 적극적인 실천을 통해 잃어버린 집중력을 회복하는 것, 사회적 이데올로기에 함몰되거나 거대담론에 휩쓸리지 않고 개인의 주체성을 강화하는 방법에 대한 탐색이 선행되어야 한다.

이를 위해 초연결시대의 독서는 다음과 같은 의미와 역할을 지녀야 한다.

첫째, 초연결시대의 독서는 인간과 디지털 미디어의 강한 연결에 균열을 발생시킴으로써, 실제적인 사건과 삶의 다양성들이 개입할 수 있는 틈을 만들어 주어야 한다. 통신기술과 미디어의 발달로 현대인의 삶이 더 편리해지고 시공간의 제약이 극복된 것은 사실이지만, 이에 비례하여 삶의 질이 똑같이 향상되었다고는 볼 수 없다. 온라인의 가상세계와 지나치게 밀착되어 버림으로써 인간관계의 단절과 일상생활의 장애, 집중력 저하와 공감 능력 결여 등 인간으로서 잃어버린 소중한 것들이 존재하기 때문이다. 따라서 초연결시대의 독서는 강한 연결에서 분리되어, 나와 내 주변을 둘러보는 계기가 될 수 있어야 한다. 현실을 회피하거나, 현실 세계에서 결핍된 것들을 채우기 위해 온라인 세계에 집착하는 것이 아니라, 능동적 활동인 '독서'를 선택함으로써 미디어와의 강한 연결로부터 자발적인 거리두기를 행하는 것이다. 거리두기가 가능할 때, 비로소 비판적인 사고도 가능하다. 아즈마 히로키東浩紀는 《관광객의 철학》에서 풍요로운 삶을 위해서는 특정 공동체에만 소속된 '마을 사람'도 어느 공동체에도 소속되지 않은 '나그네'도 아닌, 기본적으로 특정 공동체에 속하면서 때때로 다른 공동체에도 들르는 '관광객' 같은 존재가 되는 것이 중요하다고 말한다.[21] 우리는 강한 연결 속에 함몰되어 살아가는 마을 사람도, 연결로부터 완전히 분리된 채 고립되어 살아가는 나그네도 아닌, '자신의 의지대로' 자유롭게 연결되고 연결할 수 있는 자유로운 관광객이 되어야 한다. 그리고 능동적인 주체의 입장으로 '책'이라는 다양한 장르와 다양한 주제의 관광지를 돌아다님으로써 세계를 바라

---

21 아즈마 히로키, 《관광객의 철학》, 안천 옮김, 리시올, 2020, 12쪽.

보는 시야를 넓히고, 강한 연결에서 분리되어 삶의 여유와 삶의 의미를 찾아 나가야 한다. 초연결로부터 어떻게 분리될 것인가, 어떻게 멀어질 것인가, 어떻게 변화할 것인가. 그 해답은 우리의 의지에, '독서'라는 능동적이고 주체적인 행위 속에서 찾을 수 있을 것이다.

둘째, 초연결시대의 독서는 SNS에 익숙해진 현대인들에게 긴 글을 읽고 사고하는 능력을 기를 수 있도록, 디지털 미디어에 빼앗긴 집중력을 향상시킬 수 있도록 도움을 주어야 한다. 현대인들은 장문을 읽고 깊이 있게 사고하기보다는 이모티콘을 사용한 짧은 글과 단답형 대화를 선호한다. 온전히 주의를 집중해야 하는 대화나 글을 기피하는 경향이 있으며, 긴 글을 읽고 중요한 내용을 요약하거나 사고를 확장해 나가는 능력은 저하되고 있다. 초연결의 미디어 환경 속에서 이제는 긴 글을 읽는 것이 낯설고 불필요하게 느껴지며, 특히 능동적인 사고를 요하는 활동에는 집중하기가 점점 힘들어진다. 노벨상을 수상한 경제학자 허버트 사이먼 Herbert Simon은 "정보가 소비하는 것이 무엇인지는 명백하다. 바로 정보 수용자의 주의력이다. 따라서 정보가 풍부해질수록 주의력은 결핍된다"라고 말하며,[22] 과잉 정보 시대 인간의 주의력 결핍에 대해 경고하였다. 그러나 독서는 초연결시대의 총체적 소음 속에서 현대인의 주의력과 집중력 향상에 긍정적인 역할을 할 수 있다. 독서는 '집중력을 강제'하는 활동이기 때문이다. 텔레비전, 라

---

22 프랭클린 포어, 《생각을 빼앗긴 세계》, 재인용, 117쪽.

디오 등은 다른 일을 하면서 동시에 듣거나 볼 수 있지만, 독서는 오직 '읽는 행위' 한 가지만을 가능하게 한다. 읽는 행위 속에서 '생각하고 이해하는 시간' 또한 자연스레 확보되는 것이다. 이처럼 독서의 과정 속에서 우리는 긴 글을 읽고 사고하는 능력을 기를 수 있으며, 논의의 폭과 깊이를 확장시킬 수 있다. 그리고 디지털 미디어에 빼앗긴 집중력과 주체성을 회복할 수 있다. 초연결시대, 독서가 더욱 절실히 필요한 이유이다.

셋째, 초연결시대의 독서는 혼자만의 시간을 통해 사색할 수 있는 기회를 제공하며, 자기 자신과 연결되어 자신의 생각과 내면에 집중할 수 있도록 고독의 시간을 통해 외로움을 이겨 내는 힘을 기르도록 이끌어야 한다. 초연결의 복잡하고 스펙터클한 환영 속에서 현대인들은 주체적인 사고력과 명백한 행위의 의도를 상실한 채 이리저리 휩쓸리고 있다. 현실에서 오는 정서적 결핍과 외로움을 해소하기 위하여 온라인 세계에 집착하고 매달리지만, 반대로 우리는 더욱더 피로해지고 외로워질 뿐이다. "사람들은 외롭다. 네트워크는 매력적이다. 하지만 항상 그 안에 머물다 보면 고독의 보상을 스스로 내치는 수가 있다."[23] 셰리 터클Sherry Turkle의 언급처럼 우리에게 진정으로 필요한 것은 또 다른 세계와의 연결이 아닌, 자기 자신과 연결되어 자신의 내면에 집중할 수 있는 고독한 시간이다. 종이책 독서는 인간에게 고독할 수 있는 시간과 마음의 여유를 제공한다. 책을 읽는 순간, 인간은 고독해진다. 글

---

[23] 셰리 터클, 《외로워지는 사람들》, 이은주 옮김, 청림출판, 2012, 21쪽.

을 읽으면서 혼자 생각할 수 있기 때문이며, 자신만의 생각에 잠길 때 잠시라도 타인, 그리고 세상과 단절되는 것을 경험하기 때문이다. 그리고 우리는 책을 읽는 과정에서 자연스럽게 과거의 기억이나 자신의 현재 상황을 책 속으로 끌고 들어와 견주어 보게 되고, 과거와 현재·미래를 잇는 역사 속에서 소박한 주체로 기능하는 나의 개별적 존재성과 그 의미 등에 대해 생각하게 된다. 디지털 세계에서 얻게 되는 다양한 지식과 정보는 쉽게 획득되는 만큼 쉽게 잊힌다. 반면 침잠의 시간을 통해 글 읽기에 깊이 몰입함으로써 얻게 되는 깨달음과 지혜는 지속적인 삶의 자양분이 되어 줄 수 있다. 만족되지 않는 결여로부터 소외되는 외로움이 아니라 내 의지로 선택한 고독과 사색의 시간, 이것이 바로 초연결시대 독서의 의미일 것이다.

넷째, 초연결시대의 독서는 혼자만의 행위에 그쳐서는 안 되며, 타자와의 만남을 통해 그 의미를 확장하고, 공감능력과 대인민감성을 기를 수 있는 소통의 장으로 발전해야 한다. 문자 메시지로 전달하는 '미안해, 사랑해'의 의미와 상대방을 마주 본 상태에서 언어로 전달하는 '미안해, 사랑해'의 의미는 그 깊이와 진정성에서 큰 차이를 지닌다. 그러나 가상세계에서 머무는 시간이 길어진 현대인들은 말할 때보다 텍스팅을 할 때 더 안전함을 느끼는 '텍스팅 중독'을 경험하고 있으며, 다른 사람과 직접 만나 대화하고 상호작용하는 것을 두려워하거나 기피하는 사람들이 늘어나고 있다. 따라서 초연결시대의 독서는 독립적이고 개별적인 '읽기와 생각하기'의 수준을 넘어 타인과의 만남을 통해 생각을 공유하고 발전시키는 '쓰기와 말하기'의 과정으로 확장될 수 있어야 한다. 독서 동호회나 독서 토론회 등 독서를 중심으로 한 다양한 활동에 적극적으로 참여하여 것이 좋은 예가 될 수 있다. 우리는 온라인 커뮤니티에서 벗어나 오프라인의 독서 모임을 통해 타자와 접촉함으로써 자신의 생각과 감정을 털어놓고 삶의 경험을 공유할 수 있어야 한다. 타인의 생각과 감정에 공감하는 능력을 기르고 나아가 세상과 소통하는 방법을 배워야 한다. 얼굴을 맞댄 대화는 상대방의 표정을 확인하고 즉각적인 피드백을 주고받음으로써 생동감을 경험하게 한다. 이를 통해 주체성과 자존감이 향상되며, 더불어 공동체 경험이라는 보상도 얻을 수 있다. 따라서 초연결시대의 독서는 가상의 세계에서 소통 능력과 공감 능력을 잃어가는 현대인들에게, 오프라인에서 누리는 대화의 기쁨과 소통의 즐거움을 경험하도록 그 영향력을 확대해야 할 것이다.

행위적 차원으로서 '독서'의 가치

지금까지 본 장에서는 초연결시대의 특징과 현대인의 주체성 및 병리성 등을 살펴보고, 초연결시대 독서가 지녀야 할 의미와 가치, 치유적 활용 가능성 등을 탐색해 보았다. 앞서 확인하였듯, 초연결시대의 독서가 지니는 의미와 역할은 그 어느 때보다도 중요하고 절실하다. 강한 연결 속에서 집중력과 주체성을 빼앗긴 현대인들에게, 디지털 세계에서 소외되고 외로운 현대인들에게 독서는 강한 연결에서 분리되어 오로지 자기 자신의 내면 세계와만 연결되도록 만들기 때문이다.

폭넓은 지식의 습득, 비판적 사고 능력과 어휘력 향상, 스트레스 해소와 위안 등, 그동안 독서가 강조해 온 기능은 여전히 유효한 것이지만, 초연결시대의 독서가 지니는 가치는 더욱 폭넓다. 기존의 독서, 또는 독서치유가 무엇을 읽은 것인가, 어떻게 읽을 것인가, 어떻게 활용할 것인가 등에 주목했다면, 초연결시대의 독서는 '종이책을 읽는 행위' 그 자체가 가장 큰 치유적 의미를 지니기 때문이다. 먼저 초연결시대의 독서는 강한 연결로부터 '자발적으로' 분리되는 행위라는 점에서 중요하다. 초연결시대의 독서는 피로와 우울, 불안과 강박 등 초연결로 인해 겪는 자신의 신체적·심리적 증상을 스스로 깨닫고 의지적 필요성과 선택에 의해 디지털 세계와 분리되는 과정이자, 혼자만의 시간을 확보하는 과정이다. '책'이라는 개별적이고 독립적인 공간에서 '혼자'만의 고독한 시간을 통해 자신의 내면세계에만 집중할 수 있다는 것, 의도치 않은 연결망 속에 사로잡혀 여기저기 휩쓸리는 것이 아니라 자신만의 생각에 잠겨 주체적으로 유영遊泳할 수 있다는 것은, 초연결시대에 독서라는 행위가 가져다주는 가장 큰 장점일 것이다.

초연결시대 행위로서의 독서는 '수고로운 독서'의 형태일수록 그 가치와 치유적 효과가 빛을 발한다. 바쁜 일상 속에서 시간을 쪼개어 나만의 시간을 만들어 내는 것, 직접 발품을 팔아 도서관이나 서점에 가서 나의 취향과 관심을 반영한 책들을 찾아보고 선별하는 것, 책을 읽는 과정에서 나의 경험과 과거의 기억들을 최

대한 많이 불러와 책 속의 내용과 연결시키는 것, 책을 읽으며 떠오른 나의 생각과 감정을 다양한 형태의 글쓰기로 옮겨 보는 것, 사람들과 만나 독서의 과정을 함께 나누며 적극적으로 소통하는 것, 책을 통하여 얻은 깨달음과 통찰 등을 자신의 삶에 반영함으로써 일상의 작은 변화를 일으키는 것. 이처럼 자신의 지적 능력과 오감을 활용한 '수고로운 독서'는 우리의 삶을 풍요롭게 하고, 우리를 초연결시대의 능동적인 주체로 자리매김하게 한다. 무엇보다 독서라는 능동적이고 의지적인 행위를 통해 자기 성취욕과 자기 효능감을 느낄 수 있다는 점, 늘 내가 빠져 있는 사이버 세계의 정보들 속에서 소외되는 것이 아니라 내가 주체적이고 적극적으로 만들어 낸 사유들을 통해 나의 존재성을 끊임없이 확인할 수 있다는 것이 초연결시대의 독서가 지닌 가장 큰 매력이자 치유적 힘일 것이다.

참고문헌

권미수 외, 《2014년 인터넷중독실태조사 보고서》, 한국정보화진흥원, 2015.

김동일 외, 〈인터넷 중독 및 스마트폰중독이 있는 젊은 남자 성인에서의 공존 정신병리〉, 《중독정신의학》, 한국중독정신의학회, 2017, 88~95쪽.

주영민, 《가상은 현실이다》, 어크로스, 2019.

홍성욱 외, 《서울리뷰오브북스 0호》, 서울리뷰, 2020.

_____, 《서울리뷰오브북스 1호》, 서울리뷰, 2021.

기 드보르, 《스펙타클의 사회》, 유재홍 옮김, 울력, 2014.

로렌스 레식, 《코드 2.0》, 김정오 옮김, 나남출판사, 2009.

리처드 도킨스, 《이기적 유전자》, 홍영남 외 옮김, 을유문화사, 2018.

셰리 터클, 《외로워지는 사람들》, 이은주 옮김, 청림출판, 2012.

_____, 《대화를 잃어버린 사람들》, 황소연 옮김, 민음사, 2018.

아즈마 히로키, 《약한 연결》, 안천 옮김, 북노마드, 2016.

_____, 《관광객의 철학》, 안천 옮김, 리시올, 2020.

안데르스 한센, 《인스타 브레인》, 김아영 옮김, 동양북스, 2020.

유발 하라리, 《호모데우스》, 김명주 옮김, 김영사, 2017.

조르주 캉길렘, 《정상적인 것과 병리적인 것》, 여인석 옮김, 그린비, 2018.

지그문트 바우만, 《모두스 비벤디》, 한상석 옮김, 후마니타스, 2010.

_____, 《고독을 잃어버린 사람들》, 오윤성 옮김, 동녘, 2012.

프랭클린 포어, 《생각을 빼앗긴 세계》, 이승연 외 옮김, 반비, 2019.

Shoshana Zuboff, *The age of Surveillance Capitalism – The Fight for a Human Future at the New Frontier of Power*, Profile Books, 2019.

교보문고 홈페이지. http://www.kyobobook.co.kr/bestSellerNew/bestse ller.laf?range=1&kind=3&orderClick=DAC&mallGb=KOR&linkClass=A

문화체육관광부 누리집. https://www.mcst.go.kr/kor/s_policy/dept/

deptView.jsp?pDataCD=0406000000&pSeq=1776

예스24 홈페이지. http://www.ch.yes24.com/Article/View/43483

초연결시대
인간 ∞ 문학 ∞ 치유

2022년 6월 20일 초판 1쇄 발행

지은이 ｜ 홍단비
펴낸이 ｜ 노경인 · 김주영

펴낸곳 ｜ 도서출판 엘피
출판등록 ｜ 2004년 11월 23일 제2011-000087호
주소 ｜ 우)07275 서울시 영등포구 영등포로 5길 19(양평동 2가, 동아프라임밸리) 1202-1호
전화 ｜ 02-336-2776 팩스 ｜ 0505-115-0525
블로그 ｜ bolg.naver.com/lpbook12
전자우편 ｜ lpbook12@naver.com

ISBN 979-11-90901-88-8